Warum immer ich?

Über das Buch

Ein Buch für Menschen, die sich nicht länger als Opfer erleben wollen, als Spielball unbeeinflußbarer Umstände. Die Lösung liegt nicht in den Umständen selbst, sondern darin, wie wir sie sehen.

Was passiert, wenn wir uns dazu entschließen, daß uns Dinge nicht einfach so «passieren»? Was geschieht, wenn wir aufhören zu glauben, daß uns die Menschen zufällig begegnen und wir ihrem Verhalten ausgeliefert sind? – Wir hören auf, uns als Opfer zu sehen, zu fühlen – Opfer zu sein.

Ein Kurs in Wundern weist einen Weg aus diesem Gefängnis des Geistes hinaus. In *Warum immer ich?* sind die wichtigsten Aspekte zum Opferbewußtsein auf dem Hintergrund des *Kurses* erläutert. Im zweiten Teil des Buches zeigt die Autorin anhand von Beispielen aus ihrer eigenen Erfahrung, wie im Alltag das Ändern der Sichtweise ganz konkret zur Veränderung der Lebensumstände, und damit zu einem sinnerfüllteren Leben führen kann.

Über die Autorin

Barbara Tranberg ist Mitübersetzerin von *Ein Kurs in Wundern* ins Dänische. Nach jahrelanger persönlicher Arbeit mit dem *Kurs* hat sie diese Einführung in einen Aspekt des *Kurses* geschrieben, die auch ohne Kenntnis von *Ein Kurs in Wundern* wertvolle und wichtige Einsichten vermittelt.

Barbara Tranberg

Warum immer ich?

Der Abschied vom Opferdasein

Aus dem Amerikanischen von Ulrich Pützstück

MANDALA
MEDIA

In Dankbarkeit gewidmet
Sai Baba
Jesus
Mutter Meera
Adrian
Kenneth Wapnick,
für die *Foundation for A Course in Miracles*
Für Henrik mit dem metaphysischen Verständnis und seiner herzlichen Zärtlichkeit
Hewi, meinen Bruder
Meine Eltern
Erik, meinen Sohn

Lektorat: Franchita Mirella Cattani
Umschlaggestaltung: Charles Huguenin
Satz: Mandala Media, Rheinfelden
Herstellung: F. X. Stückle, Ettenheim
Printed in Germany
ISBN 3-906983-08-0
Mandala Media, Postfach 404, CH-4310 Rheinfelden

Inhalt

Vorwort

Unter der Oberfläche dieses Buches gibt es ein metaphysisches Fundament. Dieses Fundament besteht weitgehend aus dem Inhalt von *Ein Kurs in Wundern*. Es hat Jahre gebraucht, in denen ich durch den Kurs «gewatet» bin, um zu diesem Verständnis zu kommen. Hier bin ich jetzt – und noch weit entfernt davon, mit ihm abgeschlossen zu haben. Nicht jeder hat die Zeit oder den Wunsch, in *Ein Kurs in Wundern* einzutauchen.

Dieses Buch ist für jene Menschen gedacht, die bereit sind, das Opferbewußtsein hinter sich zu lassen. Kein Buch wie dieses kann der Pracht und dem Glanz von *Ein Kurs in Wundern* gerecht werden. Ich bin diesem wunderbaren Werk für immer zu Dank verpflichtet.

Unabhängig von *Ein Kurs in Wundern* hat noch eine kleine Geschichte mit diesem Buch zu tun:

Ich saß mit Grethe zusammen – Grethe ist eine wunderbare Frau, die die Gabe hat, andere mit ihren geistigen Führern in Verbindung zu bringen. Da beschrieb sie mir die Arbeit, die mein Führer Adrian mit mir zusammen vorhatte.

Grethe sagte: «Adrian zeigt mir ein Bild von dir, wie du Gold wäschst. Er will, daß du die Essenz des Ostens und des Westens nimmst und sie in eine schlichte und einfache Form bringst. Er will, daß du schreibst.» Ich werde Adrian für seine Liebe und Ermutigung immer zu Dank verpflichtet sein.*

* Die in diesem Buch enthaltenen Gedanken stellen die persönliche Meinung und das persönliche Verständnis der Autorin dar und nicht die der Inhaberin der Rechte für *Ein Kurs in Wundern*.

Teil I

Schmerz ist eine Wahl

Es gibt nur Gottes Geist und sonst nichts, heißt es in *Ein Kurs in Wundern* (T-7.V.10:10-11) Diese Vorstellung klingt weit hergeholt. Und doch betonen östliche Religionen ebenfalls, daß es nur Gott gibt; es gibt nur Eins ohne etwas Zweites. Auch die Quantenphysiker bestätigen diese Vorstellung eines Einsseins; nach ihrer Theorie gibt es nur ein großes Energiefeld* und weiter nichts. Die Physik scheint irgendwie bereit zu sein, die Idee des Formlosen als die letztendliche Wirklichkeit in Erwägung zu ziehen.

Und trotzdem, wie können wir uns Einssein auch nur im entferntesten vorstellen? Diese Vorstellung widerspricht unserer Erfahrung als Individuen in einer Welt der vielfältigen Erscheinungen. Um die Vorstellung von Einssein zu erfassen, müssen wir bereit sein,

* Fritjof Capra bespricht die Theorie eines großen Energiefeldes und des illusionären Charakters der Form in seinem Buch: *Das Tao der Physik – Die Konvergenz von westlicher Wissenschaft und östlicher Weisheit*, Bern 1984.

jenseits der Welt der äußerlicher Form in das Wesen des Geistes einzutauchen.

Ein Kurs in Wundern erklärt, daß jede Geisteinheit mit einem größeren Geist verbunden ist (T-7.V.10:9). Jeder Teil des Geistes hat die gleichen Qualitäten wie der ganze. Falls das jedoch wahr ist, warum bleibt dann unsere Einheit mit dem Ganzen unbemerkt?

Diese Frage ist schließlich eine Frage nach dem Brennpunkt unserer Aufmerksamkeit. Jeder kleine Geist ist so vertieft in seine Begrenzung, daß der größere Geist in Vergessenheit gerät. Wir engen den Brennpunkt unserer Aufmerksamkeit so ein, daß die Einheit unserer Achtsamkeit völlig entgeht. Wir begrenzen uns durch unsere Entscheidung, zu leiden und Opfer zu sein. Schmerz wird zum Zentrum unserer Identität.

Darum geht es allerdings in diesem Buch. Wir wählen das Leiden, bis wir uns entscheiden, damit aufzuhören. Der Geist wählt das Leiden; dies ist der erste und einzige Grund des Leidens. Und genauso, wie wir Leiden wählen, treffen wir auch die Wahl, uns selbst als Opfer äußerer Umstände zu sehen. Dennoch ist es nicht der größere Geist, der das Leiden wählt, es ist die Wahl des scheinbar abgetrennten Teils des Geistes. Der Einfachheit halber nenne ich diese kleinere Einheit des Geistes, die der Brennpunkt der Identität jedes Menschen ist, das getrennte Selbst. Das getrennte Selbst ist jedoch mehr als der bewußte Teil des Geistes und Ursprung vieler unbewußter Entscheidungen. Ich werde später ausführlicher darauf eingehen.

Wir fangen gerade erst an, die Macht des Geistes und seiner Entscheidungen zu erahnen. Falls das, was ich behaupte, stimmt, und falls Leiden eine Wahl ist, warum treffen wir dann diese Wahl? Warum sollte sich der Geist wie eine Selbstzerstörungsmaschinerie gegen sich selbst wenden? Und warum sollte er sich selbst angreifen? Zu welchem Nutzen? Hat der Geist Vergnügen am Schmerz? Ist der Geist überwiegend masochistisch? Freut sich der Geist an selbstzugefügtem Schmerz?

Das getrennte Selbst trifft die Entscheidung zu leiden, und dann projiziert es seinen Schmerz auf äußere Umstände. Unserer Erfahrung nach trifft genau das Gegenteil zu. Wir erleben es so, daß ein Ereignis in der äußeren Welt geschieht und daraus Leiden folgt. Wir erfahren, daß die Situationen in der äußeren Welt die Ursache sind, und wir gezwungen werden, die Folgen zu erleiden.

Beruhte Leiden nicht auf einer Entscheidung im Geist, könnten wir bestimmte Regeln aufstellen: Zum Beispiel:

1. 60 Tage schweres Leiden nach dem Verlust eines Elternteiles;
2. 6 Monate völliger Niedergeschmettertheit nach dem Verlust eines Partners;
3. eine Woche Gewissensbisse nach dem Verlust eines Haustieres;
4. ein halbes Jahr heftigen Zornes nach dem Verlust eines Beines.

Wir wissen jedoch, daß weder die Dauer noch die Intensität des Leidens durch Regeln erfaßt werden kann. Wir haben durchschnittliche Annahmen, wir kennen den Durchschnitt für bestimmte Schichten der Bevölkerung: das meßbare Mittelmaß. Leiden scheint allgemein zu sein, aber nicht allgemein voraussagbar hinsichtlich Dauer oder Intensität.

Der Unterschied muß im Inneren liegen. Es muß daran liegen, wieviel Schmerz verfügbar ist, der auf eine Situation projiziert werden kann. Sie weinen nicht über den Verlust eines geliebten Menschen; Sie weinen, weil Ihnen Ihr Schmerz zu Bewußtsein gekommen ist. Unbewußt haben Sie sich entschieden, Ihren eigenen Schmerz an die Oberfläche kommen zu lassen.

Die Projektion von Schmerz färbt die Welt ganz ähnlich wie eine Sonnenbrille; Sie sehen nichts ohne diese Färbung. Jesus sagt in *Ein Kurs in Wundern* ganz deutlich, daß Sie nichts sehen, was nicht von Ihren Projektionen gefärbt wird (T-13.V.3:5). Daher kommen unsere Gefühle an die Oberfläche, und dann tadeln wir die Welt dafür. Wir verwenden sehr viel Zeit darauf, diese Gefühle zu rechtfertigen:

Ich fürchte mich, weil...
Ich bin nervös, weil...
Ich bin glücklich, weil...
Ich bin ungeduldig, weil...
Ich bin wütend, weil...
Ich bin müde, weil...

Es tut mir weh, weil...
Ich bin traurig, weil...
Ich bin enttäuscht, weil...

Die simple Wahrheit ist, daß wir diese Gefühle haben, weil wir uns dafür entscheiden, sie zu empfinden. Danach übernehmen wir keine Verantwortung mehr für unsere Wahl und beschuldigen unsere Außenwelt dafür. Das setzt die Kraft unseres Geistes herab. Die Tatsache, daß wir eine Wahl haben und unsere Gefühle wählen, wird von dem «weil» verschleiert. So groß ist unser Wunsch, die Welt für unser Elend zu tadeln und sie für unsere Freude zu rühmen, daß wir *unsere Wahl* nicht realisieren, die wir getroffen haben, eine Auswahl, deren Ergebnis wir nun erfahren. Erkennen Sie, daß die Ursache der Freude, wenn wir sie außerhalb von uns sehen, die Freude nur zu einer Art von Schmerz macht. Das merken Sie, wenn die Quelle Ihrer Freude verschwunden ist.

In unserem Eifer, unsere Gefühle zu rechtfertigen, haben wir uns sowohl zum Opfer wie zum Gefangenen der Welt und unserer Umgebung gemacht. «Das ist nicht mein Fehler!» wird nicht nur zum wichtigsten, sondern zum einzigen Thema in unseren Leben. Wir täuschen auf diese Art Unschuld vor. Wir sind so offensichtlich das Opfer von äußeren Umständen, daß wir nicht einen Augenblick lang die Gültigkeit dieser Wahrnehmung hinterfragen.

Opferdasein oder Frieden

Im Grunde haben wir die Wahl, uns als Opfer zu sehen oder in Frieden zu sein. Das «Opfer» ist immer der Gnade äußerer Gewalten ausgeliefert, die weit jenseits seiner Kontrolle liegen. Größe und Bedeutung dieser äußeren Kräfte variieren und reichen vom Wetter über Verkehrsampeln, Erziehung, Arbeit oder Arbeitslosigkeit, Einkommen, genetischer Abstammung bis zum Lottogewinn usw., was immer Ihnen dazu einfällt. Es gibt Millionen von Variationen zum Opfer-Täter-Thema. Die meisten Menschen auf dieser Erde glauben, mehr oder weniger unkontrollierbaren Kräften ausgeliefert zu sein, und daß der Raum zur Selbstbestimmung sehr begrenzt sei. Mit anderen Worten, die meisten Menschen betrachten sich zu einem gewissen Grad als Opfer.

Fast alle stehen in einer ständigen «Adrenalin-Alarmbereitschaft», um gegen mögliche Angriffe der Umgebung gewappnet zu sein. Unserem Geist, sowohl dem bewußten als auch dem unbewußten, geht es um Kontrolle; wir sind damit beschäftigt, äußere Gewalten zu kontrollieren, um unsere Interessen zu verteidigen. Für fast jede denkbare Situation haben wir eine Wunschlösung parat. Wir freuen uns oder atmen auf, wenn unsere Erwartungen sich verwirklichen. Wir empfinden in dem Maß Anspannung oder Angst, in dem unsere

Erwartungen durchkreuzt werden. Die Intensität des Gefühls entspricht dem Grad der Erwartung, die wir in unsere Wunschlösung setzen.

Die meisten Menschen haben die Vorstellung, daß Frieden entsteht, wenn bestimmte äußere Umstände zu unseren Gunsten ausfallen. Aber wie oft haben wir es nicht schon erlebt, daß wir beginnen, uns um unsere nächste Erwartung zu sorgen, sobald eine erwünschte Vorstellung sich verwirklicht hat. In der Tat beginnt die Beunruhigung fast augenblicklich, und der Frieden, den wir uns aus der Erfüllung der ersten Wunschvorstellung erhofften, schrumpft auf ein Minimum. Wir waren höchstens einige Augenblicke lang erleichtert. Viel alltäglicher ist, daß wir uns im Krieg mit der Welt erleben.

Es geschieht viel zu selten, daß wir die Gültigkeit unserer Wunschvorstellungen hinterfragen. Nur wenige bemerken die Anspannung, die wir in unserem Leben durch unsere Vorlieben und unser Festhalten daran erzeugen. Ein Großteil der Menschheit macht heroische Anstrengungen, Träume Wirklichkeit werden zu lassen. Wir haben oft vorgefaßte Vorstellungen darüber, welches Gewicht, welche Arbeit, welche Fähigkeiten, welche Hobbys und welcher Grad materiellen Reichtums uns glücklich machen würde. Deshalb entwerfen und beschwören wir beständig diese zu erreichenden «glücklichen Umstände», unter denen wir uns besser einschätzen könnten als jetzt. Wir glauben offenbar, daß unser Selbstwert irgendwie von diesen Umständen abhängt. Wären wir uns unseres Wertes völlig sicher, dann wären Erscheinung, Fähigkeiten, Arbeit, Hobbys, Reichtum und Partner uns bestimmt nicht gar so wichtig. Aufgrund unseres fragilen Selbstwertgefühls sind wir beständig auf der Suche nach Bestätigung von außen.

Aber unsere Selbstachtung hängt an einem Faden, und wir sehen uns aus einer Unzahl von «ausgezeichneten» Gründen als Opfer:

Vielleicht hatte ich eine unglückliche Kindheit
mit Vergewaltigung und Mißbrauch.
Vielleicht kann ich den Partner nicht bekommen,
den ich will.
Vielleicht liebe ich den Partner nicht, den ich habe.
Vielleicht kann ich keine Kinder haben.
Vielleicht habe ich zuviele Kinder.
Vielleicht mag ich meine Arbeit nicht.
Vielleicht kann ich keine Arbeit bekommen.
Vielleicht mag ich meinen Chef nicht.
Vielleicht habe ich nicht genug Geld.
Vielleicht mag ich meine Umgebung nicht.
Vielleicht habe ich eine schwache Gesundheit.

Wir alle haben reichlich Grund dazu, unglücklich zu sein. Offensichtlich müssen meistens viele Dinge stimmen, bevor wir uns erlauben, glücklich und friederfüllt zu sein. Doch zu oft sind die Umstände nicht danach.

Was nun, falls der Kern des Problems nicht so sehr das Problem an sich ist, sondern wie ich das Problem interpretiere? Was, falls es mir langsam dämmert, daß meine Erlösung nicht in den perfekten äußeren Umständen liegt, sondern in meiner *Haltung* ihnen gegenüber? Was, falls ich beginne, äußere Umstände als meinen Schlüssel zum Glück zu hinterfragen? Was, falls ich selbstzerstörerisch gewesen bin, weil ich mein Glück von so vielen äußerlichen Umständen abhängig gemacht habe?

Was, falls wir einmal zugäben, daß wir *tatsächlich* nicht wissen, was uns glücklich und friedlich macht, und *bereit wären*, es *zu lernen*? Es sieht nicht so aus, als würde es uns ohne Hilfe besonders gut gelingen. Ich kenne nicht viele Menschen mit einem Überfluß von Frieden und Glück. Ich kenne aber viele, die frustriert sind und nicht in Frieden leben.

Würden wir einsehen, daß wir nicht erkennen, was uns glücklich und friedvoll macht, dann könnten wir es lernen. Solange wir aber darauf beharren zu wissen, was uns glücklich und friedvoll macht, bleibt kein Raum für Unterricht, aber eine Menge Raum für Irrtum. Nur durch Eingeständnis, daß wir nicht wissen, was das Beste für uns ist, können wir darum bitten, es gezeigt zu bekommen. Dieses Eingeständnis ist jedoch kein kleines Unterfangen. Nachdem wir unsere Identität an so viele vorgefaßte Vorstellungen von dem geknüpft haben, was uns glücklich macht, scheint dieses Eingeständnis wie ein Schritt ins Niemandsland zu sein. Damit begeben wir uns allerdings auf unbekannten Boden. Und wer kann das ohne Angst tun?

Ich meine damit nicht, daß wir unsere ganze Identitätsstruktur auf einmal umstürzen sollen. Vielmehr schlage ich vor, daß Sie sich eine Situation aus Ihrem Leben vornehmen, die Sie stört, und darum bitten, die richtige, friedvolle Reaktion auf diese Situation gezeigt zu bekommen.

Dieses Gebet um eine friedliche Antwort ist eine ungewöhnliche Gebetsstrategie. Es kommt viel eher vor, daß wir Gott Vorschläge machen, statt uns Vorschlägen einer höheren Macht zu öffnen. Wenn wir Gott um Hilfe bitten und Ihm eine Fertiglösung anbieten, wechseln wir nur die Form des Opferdaseins. Wir werden dann zu einem Opfer der Gnade Gottes. Wir versuchen, einen Handel mit Gott abzuschließen, um unsere Wunschvorstellungen zu verwirklichen und als sein Liebling behandelt zu werden.

Im Gebet darum, Frieden gelehrt zu bekommen, öffnen wir uns dem größeren Geist, dessen Teil wir sind. Sie erinnern sich bestimmt an meine frühere Feststellung, daß der Schmerz unseres Selbstbildes als Opfer es uns verwehrt, uns mit dem Ganzen verbunden zu fühlen. Darum zu bitten, Frieden gelehrt zu bekommen, ist ein Weg, den wir gehen können, um unser Opferdasein hinter uns zu lassen. Um über das Opferdasein hinauszugehen, müssen wir bereit sein, die Möglichkeit einer anderen Sichtweise der Situation zuzulassen. In aller Kürze könnte man sagen, daß wir uns mittels eines einfachen Gebets langsam vom Opferdasein abwenden:

«Lehre mich bitte, wie ich diese Situation friedlich betrachten kann.»

Der Prozeß

Was ist das für ein Prozeß, den jeder Mensch durchläuft? Das getrennte Selbst wählt ganz einfach Schmerz und Leiden, wählt das Opferdasein, schiebt der Welt die Schuld für seinen Schmerz und seine Leiden zu, bis es beschließt, das Leiden aufzugeben und einen anderen Weg zu suchen. Bis er an diesen Punkt kommt, wird der Mensch von Schmerz, Leiden und dem Opferdasein angetrieben, einen Ausweg zu suchen. An diesem Punkt wird Frieden zur wichtigsten Sache für ihn.

Sie können das getrennte Selbst nicht zu dieser Erkenntnis zwingen, aber vielleicht spüren Sie, ob ein Mensch dafür bereit ist oder nicht. Wenn ein Mensch nicht dazu bereit ist, dann ist er einfach nicht bereit. Es ist oft das Beste, sich nicht in seinen Prozeß einzumischen, sondern nur durch ruhiges Dasein eine andere Sichtweise des Problems zu vertreten.

Es ist jedoch von Vorteil, die Allgemeingültigkeit dieses Prozesses zu realisieren. Wenn man verstanden hat, wie allgemeingültig dieser Prozeß ist, fällt es leichter, das Leiden der Menschen mit Abstand zu betrachten. Es gibt keine Ausnahme, das getrennte Selbst wählt Schmerz und Leiden, bis es damit aufhört. Das kann oft sehr lange dauern.

Sie brauchen kein Mitleid für diesen Menschen zu

empfinden, und Sie müssen sich nicht einmischen noch versuchen, den Schmerz aufzuheben. Falls ein Mensch nicht bereit ist, den Schmerz aufzugeben, wird er nur eine andere Variante wählen, sobald ein Symptom gelöst ist. Das nennt man Symptomverschiebung. Auch wenn es zynisch klingen mag, ist es manchmal das Beste, einen Menschen die ganze Bandbreite seines Schmerzes durchlaufen zu lassen. Vielleicht bringt die schiere Unerträglichkeit des Schmerzes ihn um so schneller dazu, nach Alternativen zu suchen.

Es scheint grausam und kalt zu sein, bloß zu beobachten und nichts tun. Doch Jesus, die Meister und die spirituellen Führer passen auf uns auf und erlauben uns, unsere Lektionen zu lernen, bis wir bereit sind, eine bessere Lösung zu suchen. Vielleicht sollten wir aus ihrem Beispiel lernen.

Kürzlich hörte ich den Vortrag eines Schmerzexperten. Norman Shealy* sagte, daß sich der Schmerz von Menschen, die man ins Krankenhaus bringt, und deren Schmerzen nicht beachtet werden (das heißt, man läßt sie nicht darüber reden), um fünfzig Prozent reduziert. Das bedeutet, daß wir irgendwie in uns die Entscheidung treffen, Schmerzen zu erleiden, weil das

* Norman Shealy und Caroline Myss haben ein Buch mit dem Titel *Auch Du kannst Dich heilen – Emotionale, psychische und geistige Faktoren, die Gesundheit und Heilung fördern* geschrieben, in dem sie die psychologischen Ursachen von Krankheit erörtern (Chieming 1994).

Opferdasein dazu nützlich ist, Aufmerksamkeit auf sich zu lenken. Durch Mitleid tragen wir dazu bei, den Schmerz aufrechtzuerhalten.

Caroline Myss, eine Ärztin mit hellseherischen Fähigkeiten, meint, Menschen lieben ihre Rolle als Opfer in dem Maß, in dem sie sich gegen Heilung sträuben. Wenn die aufgrund ihres Leidens gewonnene Zuwendung groß genug ist, ist die Motivation zur Heilung minimal. Viele Menschen haben gelernt, daß sie Aufmerksamkeit von anderen durch Stöhnen und Klagen gewinnen. Sie fürchten anscheinend, daß sie die Zuwendung, die sie durch Leiden bekommen, im gesunden Zustand nicht erfahren können. Daher ziehen sie das Leiden vor, um im Mittelpunkt des Interesses zu stehen.

Diese Entscheidung ist fast immer gänzlich unbewußt. Brächte man sie ans Licht, würde keiner den Schmerz als Mittel zur Anerkennung wählen, und jeder könnte die Widersprüchlichkeit, in die er verwickelt ist, erkennen.

Infolge der Allgemeingültigkeit dieses Prozesses wird es zusehends leichter, andere als Weggefährten zu sehen, die einem allgemeinen Muster folgen. Die Menschen wählen verschiedene Arten von Schmerz und leben ihn auf vielerlei Weisen aus, aber das Grundthema bleibt: das getrennte Selbst wählt den Schmerz, bis es sich entschließt, damit aufzuhören und einen besseren Weg zu suchen.

Wir machen uns zum Opfer, indem wir unsere Macht weggeben

Jeden Tag entscheiden wir uns, unsere Macht abzugeben. Und wie, bitteschön, tun wir das? Warum wollte jemand das tun? Was gibt uns das? Wir kommen in den Genuß von Schmerz!

Jedesmal, wenn ich beschließe, daß das, was jemand anderer denkt, wichtiger ist als was ich denke, habe ich mich dafür entschieden, meine Macht abzutreten. Wie die Entscheidung, krank zu werden, ist diese Entscheidung oft eher unbewußt als bewußt. Typischerweise geben wir anderen wegen unseres Mangels an Glauben an uns selbst und unsere Fähigkeit, Entscheidungen zu treffen, den Vorrang. Hier taucht wieder die Frage nach unserer fragwürdigen Selbstachtung auf.

Wenn wir unsere Kraft weggegeben haben, beeilen wir uns, die Verantwortung nach außen zu verlegen. Lieber stehen wir dumm da und nehmen uns unsere eigene Autorität. Manchmal entscheiden wir uns so schnell, daß wir die Wahl kaum bemerken, die wir getroffen haben, um jemand anderem die Macht der Entscheidung über uns zu geben.

Als Folge dieser Entscheidung beschließen wir, uns als Opfer zu sehen. Wir empfinden oft, daß wir Figuren sind, die auf dem Schachbrett eines anderen herumgeschoben werden. Wenige realisieren, daß sie die Rolle der Schachfigur gewählt haben. Sie haben sie nicht nur gewählt; sie haben förmlich darum gebeten. Wenige Menschen erkennen, daß Schwäche eine Wahl ist.

Sai Baba sagt es kurz und bündig: Das Leben ist ein Baum, der Wünsche erfüllt, aber nur wenige erkennen das.»* Mit anderen Worten bekommen Sie genau das, was Sie sich wünschen. Da so viele von uns leiden, müssen wir es uns gewünscht haben. Was ist das Schlechte oder Gute daran?

Zunächst ist die Vorstellung, daß wir uns allen Schmerz, den wir erleiden, selbst zufügen, keine sonderlich gute. Denn das einzige Vergnügen bei diesem Spiel besteht darin, der Außenwelt die Schuld zu geben. Wenn wir mit diesem Verurteilen aufhören, wird der Schmerz stechender und zunächst verwirrender. Wie sollten wir uns das antun? Warum sollten wir so töricht sein? Auf lange Sicht jedoch ist diese Möglichkeit der Wahl eine Glücksbotschaft. Schließlich bedeutet sie, daß es eine andere Wahl gibt. Sie bedeutet, daß es einen Ausweg aus dem Masochismus gibt.

Solange wir uns durch unser Denken vorgaukeln können, daß wir Opfer einer grausamen Welt sind, gibt es noch den Hauch von Vorteil: uns selbst als unschuldig wahrzunehmen. Wir leiden, ja natürlich. Aber da wir Opfer sind, ist es nicht unser Fehler. Dadurch, daß

* Bhagavan Sri Satya Sai Baba: *Discourses on the Bhagavad Gita*, hrsg. von A. Drucker; Sri Satya Sai Books and Publications Trust; Prashanti Nilayam. P.O., Anantapur Dist, A. P., India 1988.

wir die Quelle von Freude und Schmerz außerhalb von uns sehen, werden wir tatsächlich zu Opfern. Dadurch, daß wir den Ursprung von Schmerz und Freude auf unsere eigene Entscheidung zurückführen, beginnen wir, uns der wahren Freiheit zu nähern. Wenn die Freude in der Außenwelt liegt, dann ist dort auch ihr Gegenteil, denn alle Zustände in der Welt sind vorübergehend und umkehrbar.

Durch die Erkenntnis, daß Glück auf einer geistigen Entscheidung beruht, nimmt die Fixierung auf Menschen und weltliche Dinge ab. Die eigene Freude mit bestimmten Menschen und Umständen zu verbinden ist ein beliebtes Mittel, die eigene Macht abzugeben und sich selbst zu bestrafen. Die Erkenntnis, daß Glück in einer Entscheidung des Geistes seinen Ursprung hat, gibt einem zumindest die Möglichkeit, sich über die Wechselhaftigkeit der Welt zu erheben und macht unabhängig.

Allerdings möchte das getrennte Selbst auf jeden Fall unsere Einsicht vereiteln, daß die Quelle unserer Freude in der Entscheidung unseres Geistes liegt. Daher vernebelt das getrennte Selbst seine Entscheidungen, und sie verbleiben meistens im unbewußten Teil unseres Geistes. Das getrennte Selbst will uns im Zustand der Geistlosigkeit festhalten, indem es unsere Aufmerksamkeit auf die Außenwelt richtet und unseren Schmerz und die Freude nach außen verlegt, mit anderen Worten, auf Dinge gründet, die außerhalb des Geistes liegen. Das getrennte Selbst will uns zu dem Glauben verführen, daß die Antwort auf die Leere, die wir in uns empfinden, in der Außenwelt liegt. Was aber, wenn die Antwort auf die Leere nicht in der Welt außerhalb des getrennten Selbst liegt? Was, wenn die Antwort in der Erkenntnis unserer Verbindung mit dem Ganzen liegt?

Projektion und Unschuld

«Mutter, Mutter.» Ich hörte die Worte aus mir heraussprudeln, als ich mit dem Fahrrad zu Lucrezia fuhr. Bei ihr angekommen, fragte ich sie: «Lucrezia, bist du meine Mutter gewesen?» «Laß mich fragen», antwortete sie und wandte sich an ihren geistigen Führer. «Ich war einmal Äbtissin in einem Kloster, wo du auch warst. Ich habe dich die Engelnonne genannt.»

Lucrezia und ich haben zusammen dreimal fünf bis sechs Stunden lang gearbeitet. Irgendwie beschließt das Unbewußte in mir jedesmal, wenn ich neben ihr sitze, mir Erinnerungen an frühere Leben leicht zu machen. Ich habe Vorleben gesehen, in denen ich jeden denkbaren Aspekt von Opferdasein erlebt habe und fast jede nur vorstellbare Art von Schmerz und Erniedrigung. Ich habe auch Leben gesehen, in denen ich der Täter war, und sogar aus einer Laune heraus getötet habe.

Unter einer dünnen Schicht verborgen war die Engelnonne genauso ein Mörder wie Jack the Ripper. Dies trifft nicht nur für mich zu, sondern für jeden. Wir alle haben den Mörder und die Nonne in uns. Jeder hat eine Leiche im Keller, und wir tun alles dafür, die Tür geschlossen und den Deckel auf unserer Schuld zu lassen. In *Ein Kurs in Wundern* heißt es, daß unsere größte Schuld von dem tief verdrängten Glauben herrührt, daß wir uns von Gott getrennt haben. (T-5.V.2:8-12). Das ist ein ganz schöner Sprengsatz, über dem wir da den Deckel zuhalten.

Projektion ist der Mechanismus, den wir benutzen, um das Übel – von dem wir im verborgenen glauben, es sei die Wahrheit über uns – eher in der Außen- als in unserer Innenwelt zu sehen. Unser Interesse die Schuld in der äußeren Welt zu sehen, entspricht unserer Abneigung, sie in uns zu suchen.

Eigentlich lieben wir Adolf Hitler, Idi Amin und Saddam Hussein – sie sind unsere Verbündeten. Weil wir das Übel in ihnen sehen, müssen wir unser eigenes mörderisches Wesen nicht anschauen. Überzeugt von ihrer Niederträchtigkeit, sprechen wir uns von unserer eigenen frei. Fast nie haben wir auch nur eine Ahnung davon, wie gern wir diese Brüder benutzen, um uns das Märchen von dem Bösen in der Welt außerhalb von uns zu erzählen. Der Sinn dieser Märchen ist, uns zu bestätigen, daß wir getrennt und verschieden von unseren Brüdern sind. Einige Brüder sind gut und einige schlecht. Wenn es Verbrecher «da draußen» gibt, die wir so offensichtlich strafen und verfolgen können, dann ist Leiden nicht eine Wahl, die wir in unserem Geist treffen.

Wenn es Tyrannen da draußen gibt, dann muß ich mir meine eigene masochistische Seite nicht eingestehen. Ich muß nicht darauf achten, wie mein Geist seine Selbstzüchtigung wählt, und sich an seinem eigenen Leiden erbaut. Wenn ich den Teufel außerhalb von mir sehe, muß ich nicht meine eigene innere Pervertiertheit eingestehen, die Schmerz und Freude miteinander vertauscht hat. *Wir sind bereit, Tonnen von quälendem Schmerz zu erleiden, um das Vergnügen zu haben, die Ursache des Schmerzes außerhalb von uns zu sehen.* Haben wir damit nicht die Perversion bis zum Gehtnichtmehr gesteigert?

Ich habe Chris Griscom oft sagen hören: «Wir lieben es, Opfer zu sein. Es ist köstlich.»* Allerdings haben wir Geschmack am Schmerz gewonnen. Wir sind bereit, jeden Preis in Form von Schmerz zu zahlen, um an unsere eigene Unschuld zu glauben. In unserem verschlungenen und verzerrten Einzelbewußtsein sind wir bereit, fast jeden Preis an Schmerz zu zahlen, um die Schuld von unserer Schiefertafel zu wischen. In unserem Verständnis kann der Märtyrer kaum boshaft sein. In vielen meiner Leben habe ich das Märtyrertum gewählt, um meinen Wert – meine Reinheit – zu beweisen.

Wen führen wir hinters Licht? Würden wir eine solche Show von Märtyrertum für uns und die Außenwelt abziehen müssen, wenn wir tatsächlich von unserem Wert überzeugt wären? Wohl kaum. Wir setzen uns dem Äußersten an Schmerz und Leiden aus, nur weil wir eines ganz sicher wissen: wir sind ganz und gar unwürdig.

Wir versuchen, diesen Glauben so gründlich wie möglich zu unterdrücken. Falls wir nur unsere Auf-

* Chris Griscom ist eine spirituelle Lehrerin. Sie beschreibt die Tatsache, daß es keine Opfer gibt in *Die Frequenz der Ekstase – Bewußtseinsentwicklung durch die Kraft des Lichts,* München 1995.

merksamkeit stets nach außen richten, so hoffen wir, den durch unsere beunruhigten und fragilen Identitäten am Glimmen gehaltenen Schmerz zu vermindern. Natürlich ist jede Identität, die systematisch Leiden wählt, um den Kick der Verurteilung der grausamen Welt zu erfahren, sowohl beunruhigt als auch fragil; sie ist dem Wesen nach selbstzerstörerisch.

Es gibt nur Geist – vor und nach dieser Erkenntnis

Anfänglich, als ich erkannt hatte, daß es nur Geist gibt, und seine Entscheidungen für die Freude oder für den Schmerz, empfand ich ein Gefühl völliger Einsamkeit und Leere. Die Welt war nicht das, wofür ich sie hielt. Die Welt ist eigentlich ein Deckmantel, der unsere Entscheidungen verschleiert. Form verdeckt den Inhalt. Wir sehen gar nicht, was genau geschieht, weil wir durch die Vielzahl von Formen, die vor unseren Augen vorbeiziehen, abgelenkt werden. Dies ist allerdings eine überraschende Erkenntnis. Darauf folgen Zeiten der Auflösung und der Neugestaltung. Nichts ist nach dieser Erkenntnis so wie in der Zeit davor.

In der Zeit vor dieser Erkenntnis, bevölkerten wir unsere Welt mit zwei Kategorien von Menschen und Ereignissen: jene, die uns Freude machten, und jene, die sie uns raubten. Die Zuteilung in die erste oder zweite Kategorie beruhte auf einer ziemlich primitiven Unterscheidung: Gewinn oder Verlust in bezug auf die Unterstützung der Identität.

Wie wir schon gesehen haben, sind unsere Identitäten sowohl fragil als auch besorgt, und wir versuchen, sie durch die Außenwelt zu stärken. Wenn daher jemand unsere beunruhigte Identität unterstützt und stärkt, wird er der Kategorie der Freude zugewiesen.

Wenn Menschen nicht auf diese Weise benutzt werden können, sinkt ihr Wert beträchtlich, manchmal ganz.

Die Welt wird in bezug auf ihre positiven oder negativen Werte – plus und minus – gesehen. Wir wollen das Plus im Leben so lange behalten, als es tauglich ist, seine fürsorgliche und unterstützende Funktion auszuüben. Wir sind bereit für einige Zeit ein wenig Minus zu tolerieren, solange Hoffnung besteht, daß das ins Minus Gefallene zu seiner früheren Ausgangsposition im Plus zurückkehrt. Das ist das zynische System, mit dem wir mehr oder weniger bewußt operieren.

Wir sind in dem Maß bereit, Freundschaften und Beziehungen aufrechtzuerhalten, in dem die Menschen gewillt sind, sich uns emotional, intellektuell, physisch und spirituell zuzuwenden. Die «Größten» sind natürlich in allen vier Kategorien gut. Dies sind die Menschen, die unser Leben lebenswert machen, weil sie unsere aufgewühlten Gefühle und fragile Persönlichkeit beruhigen.

Wir müssen erkennen, daß wir Menschen als Stützen benutzt haben, um uns aufrecht zu halten. Unsere fragile Identität, die auf sich selbst gestellt kaum bestehen könnte, wird durch Menschen künstlich aufrecht erhalten, die bereit sind, sich uns zuzuwenden, falls wir uns ihnen dafür auch zuwenden. Wenn wir zu dieser Erkenntnis gelangt sind, dann kann das, was wir Liebe nannten, nicht mehr als das betrachtet werden. Bestenfalls kann diese «Liebe» ein Unterstützungssystem für das sein, von dem Sie in Ihrem Inneren wissen, daß es wertlos ist. Die Krüppel werden als Krücken benutzt und die Blinden führen Blinde. Kein Wunder, daß dieses System flüchtig und sehr leicht entflammbar ist. Ein System, das den tiefen Selbsthaß zu vertuschen sucht, kann nie stabil sein, weil ihm etwas Faules zugrunde liegt. Wir brauchen immer mehr Liebe, um den Selbsthaß am Auftauchen zu hindern. So verhält sich auch der andere. Wir brauchen also immer mehr und haben immer weniger zu geben. Das kann kaum zum Ausgleich führen. Der Notleidende geht bettelnd zu einem anderen Bedürftigen. Es gibt keinen wirklichen Überfluß in diesem System. Es gibt nur Augenblicke von Überfluß.

Alle «Liebesbeziehungen» vertuschen die Selbstverachtung und sind nur solange nützlich, als der andere bereit ist, Ihren Selbsthaß zu beschwichtigen. Wenn Abhängigkeit Verachtung erzeugt, und das tut sie mit Sicherheit, hassen Sie auch in dem Maße, in dem Sie von der Zuwendung des anderen abhängig sind. Daher vertuscht die «Liebesbeziehung» nicht nur die Selbstverachtung, sondern auch die Verachtung, die Sie dem anderen gegenüber empfinden. Was für ein Erwachen.

Wenn Sie realisieren, daß Sie Ihre «Geliebten» mißbraucht haben und daran beteiligt waren, Mißbrauch und Abhängigkeit am Leben zu erhalten, müssen Sie den Kern aller Ihrer Beziehungen grundsätzlich hinterfragen. Wozu dienen sie? Warum überhaupt mit jemandem zusammensein?

Nach dieser Erkenntnis durchleben Sie zuerst eine

Zeit des Verlernens in Ihren Beziehungen. Dieses Verlernen verläuft im Zickzack, wenigstens war es bei mir so (und ist es immer noch). Sie schwanken zwischen dem alten Benutzen von Menschen (als Krücken, auf die man sich stützt) und dem Einsatz der Macht Ihres Geistes hin und her. Wenn Sie die Macht Ihres Geistes einsetzen, wird Ihnen klar, daß Sie Ihre Gefühle wählen, und Sie benutzen nicht mehr andere Menschen oder Ereignisse, um Ihre Wahl zu rechtfertigen.

Dies ist die Befreiungsphase. Sie können sich selbst befreien. Das Problem ist, daß Sie der Freiheit ambivalent gegenüberstehen. Sie werden sowohl zu ihr hingezogen als auch von ihr abgeschreckt. Sie haben Menschen benutzt, um ein Hoch zu erleben. Was, wenn das bedeutet, daß es keine Hochgefühle mehr gibt?

Gelegentlich empfand ich, daß ich mit einer großen Leere konfrontiert wurde. Ich konnte sehen, daß ich diese Leere gefürchtet und meine Welt mit Menschen bevölkert hatte, um ihr den Anstrich von Etwas zu geben. Viele Menschen waren Zeugen der Achterbahnfahrt meines Gefühlslebens gewesen. Sie haben mich bemitleidet und unterstützt. Sie waren bereit, das gleiche zu tun, als mein Leben emotional ausgeglichener war. Ja, meine Riege von anfeuernden Fans war damals noch mehr oder weniger intakt. Was aber nun?

In meiner revidierten Sicht von Beziehungen fing ich an, eine neue Möglichkeit auszumachen. In meiner alten Sicht von Beziehungen hätte ich alles getan, um zu verbergen, daß sie ein Handel sind. Ich war nun bereit, den größten Teil der Zuwendung selbst zu übernehmen, um ein wenig Zuwendung dafür zurückzubekommen. Meine (unbewußte) Strategie war, die Menschen von mir abhängig zu machen. Tief in meinem Inneren wußte ich, daß ich nur wenig wert war, wenn ich keine Zuwendung verteilte. Es gelang mir gut, die Hochs und Tiefs anderer auszubügeln. Sie fühlten sich besser, getröstet, nachdem sie mit mir zusammen waren. Ich war, wenn nicht eine professionelle, so doch mindestens eine Ganztags-Zuwendungsverteilerin geworden. Es war wie Geld auf der Bank. Es bedeutete, daß ich jederzeit auf jemanden zählen konnte, falls ich ihn brauchte. Irgendwie waren die Menschen mir immer etwas schuldig. Das war meine Art von Sicherheit.

Nun kommt es mir vor, als sei ich *die perfekte Zuwendungsverteilerin* gewesen. Ich verstand die Not der Menschen; ich verstand ihren Schmerz so gut. Meine Zuwendung bestätigte weitgehend ihr Opferdasein. Kein Wunder, daß ich sehr beliebt war! Ein guter Streicheleinheitenverteiler bestätigt die Selbstzweifel der fragilen Identität. Der Lustgewinn aus einer gelungenen Zuwendung ist die vorübergehende Befreiung von der Last des Glaubens an den eigenen Unwert.

Wir suchen Spezialisten auf diesem Gebiet, je nach unserer eigenen emotionalen, geistigen, physischen und spirituellen Anlage. Ein Bodybuilder wäre aller Wahrscheinlichkeit nach ein völlig wertloser Anerkenner für mich; wahrscheinlich würde er meinen «Wert» nicht so bestätigen können, daß es mir etwas bedeutete. Der

Bodybuilder würde den Prozeß meiner «schmerzhaften Vergangenheit» wahrscheinlich nicht begreifen noch würde er mein spirituelles Streben verstehen. Ich betone das Wort «wahrscheinlich», weil ein Bodybuilder eine Form ist, und Form verbirgt den Inhalt. Wer kann das wissen?

Auf jeden Fall wird die verletzte und fragile Identität immer mehr nach spezialisierter Zuwendung suchen. Schmerzhafte Erinnerungen sind als konkrete Ereignisse abgelegt worden, und nun suchen wir besondere Menschen, um die Wunden zu lecken und zu heilen. Wenn Menschen «zusammengehören» wie Romeo und Julia, wird jeder als der perfekte Mensch gesehen, um dem anderen die nötige Zuwendung zu geben.

In meiner längsten Liebesbeziehung fragte mich mein Liebhaber (am Anfang) immer wieder: «Barbara, sag mir, warum liebe ich dich so sehr?» Und wir lagen einander jeden Tag stundenlang in den Armen – wie zwei Kinder, die wieder im Schoß der Mutter eingeschlossen sind (ein offensichtlich wertloses Unterfangen für jeden außer einem Abhängigen). Die Zuwendung in dieser Beziehung schien vollkommen zu sein; nichts hatte sich zuvor so gut angefühlt. Aber Zuwendung gegen Zuwendung ist ein Deckmantel für eine hochgradige Abhängigkeit, und Abhängigkeit ist ein Deckmantel für Verachtung. Das kam allmählich an die Oberfläche und zerstörte die Vollkommenheit – nicht der Zuwendung, sondern dessen, was zwischen den Zuwendungen lag. Mit der Zuwendung als Dopingmittel klammerten wir uns weit über die vernünftige Dauer der Beziehung aneinander. Das Aneinanderklammern war unsere Sicherheit und jeder stand für den «Wert» des anderen ein. Nur wurde dieser «Wert» entsprechend unserer Abhängigkeit bestimmt und nicht unserer Selbstachtung gemäß. Wir waren jeder die Droge des anderen. Und wenn wir unsere tägliche «Spritze» bekamen, konnten wir irgendwie der grausamen Außenwelt die Stirn bieten. Die Beziehung war völlig ausschließlich. Niemand konnte so Streicheleinheiten verteilen wie er. Ich war bereit, jeden Menschen auf dem Altar meiner Beziehung zu diesem Mann zu opfern. Wir hatten unsere eigene Welt, die den Rest der Welt ausschloß.

Es gibt allerdings eine Rangfolge der Zuwendungsverteiler innerhalb der individuellen Welt der Bedürfnisse. Menschen haben einen unterschiedlichen Wert, je nachdem, wie gut sie sich anderen zuwenden und den Bedürfnissen ihres fragilen Selbstgefühls entsprechen. «Liebe» verkehrt sich in ihr Gegenteil, wenn die einander Zugewandten ihre Lust an der Zuwendung verlieren. Ihr Rang auf der Werteskala gleicht dann dem eines Senkbleis. Dann müssen sie jemanden Neues finden, der über ihren Selbsthaß hinwegsieht und sie zurück in den Zustand des «In-Ordnung-Seins» hebt.

Aber was, wenn sie entdecken, daß dieser Zustand von einer Entscheidung ihres Geistes abhängt und nicht von der Liebeserklärung eines anderen? Dann brauchen sie strenggenommen ihre Bedürfnisse nicht mehr auf einen anderen zu projizieren. Sie brauchen nicht betteln zu gehen. Die Gedanken und Gefühle des anderen sind keine Bedrohung mehr, weil sie nicht mehr das Unterstützungssystem ausmachen. Dann sind sie nicht mehr fragil oder von der Bewertung anderer abhängig.

Dieser Zustand vollständiger Freiheit tritt gewöhnlich nicht von einem Tag zum anderen ein. Man lernt allmählich, und das zu integrieren braucht Zeit. Wir sträuben uns dagegen, die Macht unseres Geistes zu erkennen. Das ist nicht erstaunlich, wenn Sie bedenken, daß wir Millionen von Jahren damit verbracht haben, unseren Glauben zu untermauern, wir seien Opfer der Außenwelt. Dies war viele Leben lang unser Lieblingslied. Sowohl der bewußte als auch der unbewußte Teil des Geistes wehrt sich gegen die Lektion, sich nicht länger mit dem Opferdasein zu identifizieren.

Achtung

Wenn Sie erkennen, daß Ihr Glück oder Mangel an Glück einer Entscheidung Ihres Geistes entspringt und dieses Wissen ein fester Bestandteil Ihres Bewußtseins geworden ist, bekommen Sie mehr Achtung vor Ihrem eigenen und dem Geist anderer. Diese Erkenntnis vereinfacht das Leben. Wenn Menschen nicht mit Ihnen übereinstimmen, ist das nun ihr gutes Recht; es ist ihre Wahl und geht Sie eigentlich gar nichts an. Falls sie Opfer sein wollen, ist auch das ihre Entscheidung und nicht Ihre Angelegenheit.

Falls Sie glauben, daß ein Mensch fähig ist, die Theorie des Opferdaseins und seiner Vermeidung zu verstehen, und er den Wunsch hat, eine bessere Sichtweise der Dinge kennenzulernen, dann können Sie ihn darauf aufmerksam machen, daß er eine Wahl hat. Dabei ist es wichtig, daß Sie kein Interesse an seiner Entscheidung haben, sonst geben Sie Ihre Macht wieder ab und werden selbst zum Opfer seines Opferdaseins.

Persönliche Beziehungen werden sehr einfach, wenn es Ihnen klar wird, daß Sie die Macht der Entscheidung haben und der andere auch. Wenn Sie zu diesem Schluß gekommen sind, entsteht eine tiefe Achtung vor Ihrem eigenen Geist und auch vor dem Geist des anderen. Es ist wie das Auftauchen nach einem langen Verweilen in einem dunklen schlammigen See der Verwirrung. Verwirrung rührt von einem Mangel an Achtung für den Geist eines jeden und seinem Recht her, eine Wahl zu treffen. Verwirrung entsteht, wenn wir das Recht eines anderen irgendwie als Bedrohung unserer eigenen fragilen Selbstwahrnehmung erfahren.

Es scheint mir, daß viel mehr Raum für ein ruhiges Feiern ensteht, wenn wir andere Menschen nicht als Brot und Boden für unser Leben benutzen. Es ist wie Kuchenessen. Wir brauchen keinen Kuchen, um zu überleben. Wenn Sie niemand anderen brauchen, um Ihnen Zuwendung zu geben, ist die Zuwendung, die Sie bekommen, nicht mehr von entscheidender Wichtigkeit. Wir nehmen die Zuwendung oder Angriffe nicht mehr so wichtig. In einer Beziehung, die auf Achtung vor dem anderen und seinem Prozeß beruht, müssen Sie niemanden von irgendetwas überzeugen, weil kein Zusammenhang zwischen Ihrer und seiner Entscheidung besteht. Sie müssen kein geistiges oder emotionales Kriegsgefecht mehr austragen. Wenn Sie kein Bedürfnis mehr haben, an einem anderen zu ziehen und zu zerren, um Ihr schwaches Selbstwertgefühl zu stützen, wird das Leben viel einfacher und viel weniger dramatisch.

Wenn ein anderer Mensch die Wahl getroffen hat zu leiden, kann man sehr wohl seine Wahl ganz ruhig respektieren. Stille Achtung ist eine viel bessere Reaktion als Mitleid, weil dies dem anderen letztlich die Möglichkeit gibt, eine neue und bessere Wahl zu treffen. Mitleid bestätigt ihn in seinem Opferdenken und dient keiner schöpferischen Wahl. Daher bestätigt Mitleid die Wahrnehmung des getrennten Selbst in seiner Fragilität. Mitleid bestätigt uns in unserem Denken, daß die Wahl nicht möglich ist. Vielleicht ertappen wir uns selbst bei dem Gedanken, daß der stille Respekt für die Wahl eines anderen kalt und gefühllos sei und wir vielleicht unsere Fähigkeit zum Mitgefühl verlieren. Wenn ich stille Achtung sage, meine ich damit nur eine ruhige Reaktion statt eines Einmischens. Oft gibt eine friedliche Antwort jemandem Mut und Stärke zu einer neuen Entscheidung.

Schließlich geht es Sie nichts an, ob jemand eine andere Entscheidung trifft oder nicht. Der Wunsch, die Entscheidungen anderer zu beeinflussen und sich einzumischen, hat seinen Ursprung in dem Bedürfnis nach Zuwendung. Dieses Bedürfnis wiederum resultiert aus einem Mangel an Selbstachtung. In der Tat läßt sich Ihre Selbstachtung an Ihrem Bedürfnis zu beeinflußen messen. Wirkliche Freiheit ist Befreiung von dem Bedürfnis nach Manipulation und Kontrolle, mittels derer die eigene Selbstachtung durch das Lob des anderen gewonnen wird. Warum sonst wollten Sie, daß ein anderer sich ändert, wenn nicht aus dem Bedürfnis nach einer Krücke für die verkrüppelte eigene Identität?

Man könnte überzeugend argumentieren, daß bestimmte Menschen aus reinem Altruismus handeln, ungeachtet aller persönlichen Bedürfnisse. Schließlich war Jesus auch ein solcher Mensch. Ich glaube, daß das Motiv der entscheidende Faktor ist. Oft haben Menschen, die ihre ganze Zeit damit verbringen, andere zu retten, selbst Angst vor dem Ertrinken. Die bloße Gegenwart des sprichwörtlich Ertrinkenden wird zum Symbol ihres eigenen möglichen Untergangs. Sie denken vielleicht, das klinge zynisch. Aber noch einmal, wie kann der Krüppel als Krücke dienen?

Tatsächlich können Sie niemanden retten. Bestenfalls können Sie sich selbst retten. Sie können jedoch zur Stelle sein, wenn ein Mensch beschließt, sich selbst zu retten. Dies zu beobachten kann schön und wundervoll sein. Wenn ein Mensch hingegen fest entschlossen ist zu ertrinken, können Sie nicht vierundzwanzig Stunden am Tag versuchen, ihn über Wasser zu halten.

Mutter Theresa und ihre Helferinnen können Sterbehilfe leisten, weil sie den Tod nicht fürchten. Sie sind ein Symbol für ruhige Stärke und Unterstützung für denjenigen, der den Tod gewählt hat. Der Tod ist eine Wahl wie alles andere auch. Wie jede andere Wahl, so muß auch die des Todes respektiert werden. Mutter Theresa und ihre Nonnen sind ein gutes Beispiel für eine wirkliche Hilfe. Die sanfte Stärke dieser Nonnen steht in scharfem Gegensatz zu jenen, die andere retten, weil sie ihre eigene Sterblichkeit fürchten. Wenn der Tod einem Angst macht, wie kann man dann Sterbenden helfen?

Die Stärke und Milde, die auf der Achtung eines Menschen für den Prozeß eines anderen gründet, kann eine wertvolle Hilfe sein. Sie können ein Lichtstrahl in einer scheinbar völligen Dunkelheit sein. Der Lichtstrahl steht für die Macht der Wahl statt für die Dunkelheit des Opferdenkens.

Schuld und Opferdasein

Der Grund, warum unsere Entscheidungen nicht immer Entscheidungen zu sein scheinen, ist einfach der, daß manche davon unbewußt sind. Wir sind uns des Teils in uns, der entscheidet, nicht bewußt. Es ist fast so, als säße unser unbewußter Teil am Steuer, und wir würden mitgenommen; es ist, als würden wir von unbewußten Antrieben vorangetrieben. Das ist allerdings erschrekkend. Sind wir dann nicht in Wirklichkeit Opfer unseres eigenen Unbewußten?

Wir kehren nun zu der ursprünglichen Frage zurück. Ist der Geist des getrennten Selbst von Natur aus selbstzerstörerisch? Ist es seine Absicht, Schmerz und Leiden zu produzieren? Hat es sich von dem größeren Geist einfach deshalb losgelöst, um so seine Identität zu begründen?

In *Ein Kurs in Wundern* spürt Jesus dem traurigen Schicksal des getrennten Selbst nach (T-18.I.4:1–7:5). Jesus erklärt, daß sich das getrennte Selbst schuldig fühlt und in Panik gerät, nachdem es sein Zuhause der Einheit mit Gott verlassen hat. Das getrennte Selbst empfindet Angst und Schrecken, nachdem es sich von der unendlichen Quelle der Liebe, Freude und des Friedens getrennt hat. Die Schuld, die das getrennte Selbst wegen dieses unglücklichen Schrittes empfindet, ist schwindelerregend und unerträglich. Um die Last seines neuen, auf sich gestellten Lebens als getrenntes Selbst zu ertragen, unternimmt das neugeborene Wesen den verrückten Versuch, das Schuldproblem dadurch zu lösen, daß es die Schuld «loszuwerden» versucht. Es versucht, diese fürchterliche Schuld durch ihre Projektion auf Gott zu beseitigen. Das getrennte Selbst versucht, das Böse, von dem es grundsätzlich glaubt, es läge in ihm, auf die Leinwand des Ganzen zu projizieren. Dadurch beginnt das getrennte Selbst, die Quelle der Liebe, Freude und des Friedens als ihr pures Gegenteil zu sehen. Und dann glaubt es, der Gott des Friedens sei zu einem Gott des Zornes und der Rache geworden.

Da das getrennte Selbst nun glauben will, es habe sein Schuldproblem durch Projektion gelöst, ist es gezwungen, die Schuld zu verleugnen, die es irgendwie immer noch empfindet. Das restliche Schuldgefühl wird daher in das Gebiet des Unbewußten verbannt. Bewußt glaubt es jetzt, das Opfer eines zornigen Gottes zu sein. Mittels Verleugnung und Projektion hat sich das getrennte Selbst allerdings einen traurigen Stand der Dinge eingebrockt. Um sich selbst als unschuldig wahrzunehmen, muß es glauben, das Böse liege außerhalb von ihm (das ist Projektion). Um das Böse außerhalb von sich zu sehen, muß es seine Schuldgefühle verleugnen. Um den Anschein von Unschuld aufrechtzuerhalten, muß es darauf bestehen, daß es das Opfer von Gewalten außerhalb seiner Macht ist. Somit ist das getrennte Selbst daran interessiert, sich selbst als Opfer zu sehen, um den Anschein der Unschuld zu wahren.

Das getrennte Selbst hat dadurch für sich einen gordischen Knoten geknüpft, den es nicht entwirren kann. Es fühlt sich schuldig, weil es sich von seinem liebevollen Vater abgewendet hat. Um sich schuldlos zu fühlen, muß es seinen Vater für seine eigene Tat anklagen. Um dies tun zu können, muß es den Vater als zornig sehen. Um das Nicht-Rechtfertigbare zu rechtfertigen, muß das getrennte Selbst behaupten, das Opfer des Vaters zu sein. Um zu..., um zu..., um zu..., was für ein schwindelerregendes Karussell.

Deshalb gibt es zwei Hauptbestandteile in dem Bewußtsein des getrennten Selbst: Schuld und Opfergefühle. Um sich von der Schuld freizusprechen, muß das getrennte Selbst sich immer wieder Situationen aufbauen, in denen es sich als Opfer wahrnehmen kann. Das getrennte Selbst hat ein unersättliches Bedürfnis, sich als Opfer wahrzunehmen, weil das die einzige Möglichkeit ist, sich als unschuldig sehen zu können.

Jesus erklärt in *Ein Kurs in Wundern*, daß jeder von uns dieses Grundprogramm des getrennten Selbst in sich hat (T-3.IV.2:1–2). Schuld ist also der Kern im Unbewußten jedes Menschen. Der grundsätzliche Antrieb des Unbewußten jedes Menschen ist daher, sich als Opfer in Szene zu setzen. Das getrennte Selbst wird sich deshalb daran machen, Schmerz und Leiden zu produzieren, damit es sich als Opfer sehen kann, um dadurch seine Unschuld zu beweisen.

Das getrennte Selbst hat sich damit in eine Klemme kosmischen Ausmaßes begeben. Es erfindet Krankheiten, Unfälle und Leiden aller Art als Tricks, um seine Unschuld aufrechtzuerhalten, an die es unbewußt sowieso nicht glaubt. Wegen unserer Grundschuld ringen wir immer wieder mit der Frage unseres Selbstwertes. Unsere Selbstzweifel sind in dieser Frage derart tiefgreifend, daß wir dringend Lösungen brauchen. Aids, in einem Verkehrsunfall verletzt zu werden oder der Verlust der Liebe unseres Lebens sind ein bescheidener Preis, den wir bezahlen, wenn unser Selbstwert auf dem Spiel steht. Die traurige Wahrheit ist, daß wir alle in dem gleichen Boot mit unserer Schuld sitzen, die Löcher in den Boden frißt.

Wir zerstören uns selbst, weil die Schuld des getrennten Selbst uns dazu bringt. Wir zerstören uns entweder offensichtlich oder auf subtilere Weise. Menschen, die die Last ihrer Schuld nicht ertragen, verhalten sich – durch den Konsum von Alkohol und Drogen oder einen Hang zum Glücksspiel – ganz augenfällig selbstzerstörerisch. Andere, die noch die Hoffnung haben, die Frage ihrer Schuld vertuschen zu können, suchen die Lösung in der Welt der Formen. Wenn wir das perfekte Heim haben, perfekt aussehen, die perfekten Kinder, die perfekte Arbeit, den/die perfekte(n) PartnerIn und die perfekte Gesundheit haben, dann können wir unsere Gefühle des Versagens beschönigen. Es bedarf eines enormen Energieaufwandes, um auch nur ein minimales Maß an «In-Ordnung-Sein» aufrechtzuerhalten.

Viele verlieren sich in Geschäftigkeit. Eine übertriebene Aktivität ist ein nützliches Mittel zur Verleugnung.

Wir verleugnen alle fleißig unseren Glauben, uns von unserer ursprünglichen Quelle getrennt zu haben. Wir sind alle Verschwörer, die hinterhältig Möglichkeiten suchen, um ihr Vergehen zu vertuschen; wir glauben, wir hätten unsere Verbindung mit der göttlichen Macht durchtrennt, und versuchen dann, ungestraft davonzukommen, indem wir uns für geringere Vergehen selbst bestrafen.

Das ist ein genialer Vertuschungsversuch. Unser Leiden soll unsere Unschuld beweisen. Wenn wir nicht glücklich sind, kommt das daher, daß wir Opfer sind. Augenblicke des Glücks entstammen dem Glauben, daß wir unsere «Sünde» vertuschen können, indem wir unser Glück in der Welt der Formen schmieden und irgendwie alle Teile des Puzzles namens Glück auf die Reihe kriegen. Das getrennte Selbst hält immer eine Lösung bereit: Wenn bloß..., dann wäre ich glücklich. Schließlich definiert das getrennte Selbst sein Glück in bezug auf seine Wunschvorstellungen. Augenblicke von Optimismus entstehen aus der Hoffnung, daß diese Wunschvorstellungen im Bereich des Möglichen liegen. Aber ach, sogar Menschen, die ganz erfolgreich sind, diejenigen Formen zu bekommen, die sie wollen, finden schließlich eine Möglichkeit, sich selbst zum Opfer zu machen. Sie müssen das tun, weil das Opferdasein der Wächter ihrer Unschuld ist.

In jedem Augenblick eines jeden Tages ist das getrennte Selbst völlig in der Frage nach seinem Selbstwert befangen. Ich kann vortäuschen, daß ich wertvoll bin, wenn ... Leider liegen wir in diesem Punkt völlig daneben. Unser Wert und unsere Freude sind an unsere Quelle gebunden. Wir neigen zu der Versuchung, unsere Freude und unseren Wert mit einer Unzahl von äußeren Dingen zu verknüpfen. Wir versuchen alle verzweifelt, es «recht zu machen», was auch immer unsere Vorstellung von «Richtigkeit» ist. Aber unter der Oberfläche versuchen wir eifrig, es falsch zu machen, weil das uns zu Opfern macht. Bewußt versuchen wir beständig, unseren Wert zu beweisen, und unser unbewußter Antrieb will uns stolpern lassen. Unsere Schuld läßt uns gegen uns und auch gegen alle anderen Krieg führen.

Wie wir gesehen haben, entstand die Schuld ursprünglich, weil wir glaubten, wir könnten getrennt sein und wir hätten uns in der Tat von Gott getrennt. Jesus sagt uns in *Ein Kurs in Wundern,* daß es nur den Einen gibt und es unmöglich ist, von dieser Einheit getrennt zu sein (Ü-I.169.5:1-3). Die Schuld hat eine einzige Funktion: das getrennte Selbst zu bestätigen, indem sie das Gefühl der Trennung von der Quelle aufrechterhält. Wir haben nur den Wunsch, diese Schuld nach außen zu projizieren und uns als Opfer einer grausamen Welt (eines zornigen Gottes) zu sehen, um dadurch das getrennte Selbst als ein getrenntes Wesen zu erhalten. Wir *müssen* unsere Schuld verleugnen, sie verlagern und uns als Opfer sehen, weil uns dies davor bewahrt, unsere Verbindung mit Gott zu erfahren.

Wenn unsere Trennung von der Einheit durch

Schuld, Verleugnung und Projektion aufrechterhalten wird, dann ist es von größter Wichtigkeit, uns der Rolle, die Schuld, Verleugnung und Projektion in jedem Augenblick unserer Erfahrung spielen, bewußt zu werden. Es wird wichtig mitanzusehen, welches Eigeninteresse wir am Opferdasein haben. Wir müssen uns auf den Prozeß einlassen, die Verantwortung für unsere Entscheidungen und unsere Gefühle zu übernehmen. Wir müssen unserem Eigeninteresse an der Welt der Formen und an den Wunschvorstellungen in unserem Geist ins Auge blicken. Wir müssen uns ansehen, welches Interesse wir daran haben, unseren Brüdern und Schwestern und Mächten außerhalb unserer Kontrolle die Schuld für unser Unglück zu geben. Wir müssen bereit sein, von einer Macht unterwiesen zu werden, die größer und weiser ist als die Launen, die für unsere Wunschvorstellungen typisch sind.

Der gespaltene Geist – Die Berichtigung erlangen

Der Geist des Menschen ist gespalten. Wir treffen die Entscheidung, ein winziger leidender Tropfen zu sein oder Teil des Meeres. Wir treffen die Entscheidung, ein abtrünniger Splitter oder ein wesentlicher Teil eines größeren Ganzen zu sein. Wir treffen die Entscheidung, uns mit Kleinheit und Schwäche zu identifizieren oder mit Größe und Glanz.

Als individuelle Einzelwesen fühlen wir uns alle sehr schuldig, weil wir tief in den dunklen Winkeln unseres Geistes glauben, wir hätten die große Einheit zerstört. Wir empfinden eine grundsätzliche Schuld dafür, die Macht und die Autorität des größeren Ganzen herausgefordert zu haben. Wir haben unser größeres Selbst verraten und versuchen, ohne fremde Hilfe durchzukommen, wie kaputtes Stück Treibholz, das auf dem Meer des Lebens herumgeworfen wird. Wegen der enormen Schuldgefühle, die wir infolge der scheinbaren Trennung vom Ganzen haben, wählen wir die Selbstbestrafung. Wir treffen die Wahl, geschlagen und herumgeschubst zu werden. Wir treffen die Wahl, zu leiden und lieber das Meer zu bekämpfen als uns von ihm tragen zu lassen.

Sai Baba erklärt uns, daß wir uns Gott gegenüber auf zwei Weisen verhalten können: wie ein Affenbaby oder ein Kätzchen. Das Affenbaby klammert sich mit großer Anstrengung an seine Mutter. Das Kätzchen dagegen entspannt sich in vollkommenem Vertrauen zu der Mutter und läßt sich tragen. In der Tat können wir kämpferisch oder vertrauensvoll durchs Leben gehen. Letztlich ist es unsere eigene Entscheidung, ob wir hilflos der Gnade größerer Gewalten unterworfen sind oder auf einem Meer der Liebe schwimmen.

Ich habe beim Schwimmen einmal eine außerordentliche Erfahrung gemacht. Ich bin normalweise nicht sehr sportlich – eigentlich das Gegenteil. Bei diesem besonderen Anlaß jedoch konnte ich plötzlich schneller schwimmen als je zuvor oder danach. Ich konnte Längen in wenigen Augenblicken zurücklegen. Mein Begleiter starrte mich völlig verwundert an. «Alle Achtung», sagte er, «du kannst tatsächlich sehr schnell schwimmen, wenn du ganz bei der Sache bist.»

Ich bekam eine klare innere Mitteilung im Zusammenhang mit dem schnellen Schwimmen: «Leben ist leicht; du bist es, der es schwierig macht.»

Unser Leben ist oft schwierig und schmerzhaft, weil wir es vorziehen, unseren Schmerz auf die Ereignisse in unserem Leben zu projizieren. Dabei vergessen wir, daß wir den Schmerz dem äußeren Umstand hinzufügen. Wir bewerkstelligen eine Umkehr von Ursache und Wirkung. Wir behaupten, daß das Außen die Ursache unseres inneren Unbehagens ist. Bei dieser schnellen Verschiebung, verlegen wir die Quelle von Schmerz und Furcht in die Außenwelt und erschrecken uns dabei selbst. Wir erleben es nicht so, daß wir uns selbst Angst einjagen; unsere Erfahrung ist die, daß ein herzloses Universum uns in Leiden und Bedrängnis stürzt.

Die Entscheidung für Schuld und Angst und ihre Projektion nach außen ist das Grundmuster für die Entscheidungen des getrennten Selbst. Darauf fußt sein ganzes Leben. Ohne Schuld, Angst und die Selbstbestrafung, die Schmerz erzeugt, würde das getrennte Selbst sich auflösen und wieder ein Teil des Ganzen werden, aus dem es «glaubt», in einem Augenblick des Wahnsinns, sich «gelöst» zu haben.

Diese Wahlmöglichkeiten des getrennten Selbst sind uns allerdings sehr vertraut. Es gibt jedoch noch eine andere Wahl: die Entscheidung für das Ganze statt den getrennten Teil; die Entscheidung für das Merr statt für den Tropfen; die Entscheidung für die Freude statt den Schmerz.

Das klingt verlockend, und doch fürchtet der Tropfen, das getrennte Selbst, nichts mehr, als vom Meer verschluckt zu werden (T-18.VIII.3:6). Denn dieses Aufgehen im Meer beinhaltet den Verlust der individuellen Identität als Tropfen. Und so kommt es, daß wir die allumfassende Liebe Gottes fürchten, denn sie würde all die Begrenzungen aufheben, durch die wir uns als Individuum definieren. Ironischerweise fürchtet der Tropfen, in Gottes Meer der Liebe zu ertrinken. Die Tatsache, daß der Tropfen aus Wasser besteht, macht die Sache noch paradoxer. Er fürchtet das Verschmelzen mit dem, woraus er besteht.

Diese Angst liegt allen Entscheidungen zugrunde, die das getrennte Selbst trifft. Das getrennte Selbst entscheidet sich immer für Schmerz (oder seinen siamesischen Zwilling: die von der Außenwelt abhängig gemachte Freude) als Abwehr gegen Gottes Liebe. Solange unsere Aufmerksamkeit auf die äußere Welt konzentriert ist, ist ein Zurückkehren zu Gott unwahrscheinlich. Die Verbindung mit Gott findet im Geist statt. Das getrennte Selbst zielt darauf ab, uns außerhalb des Geistes festzuhalten und unsere Aufmerksamkeit auf die verschiedenen Phänomene der Welt zu richten. Das ist sein Plan, um unseren Geist vor Gott abzuschirmen. Diese stetig nach außen gerichtete Sicht ist unsere Versicherung gegen das Aufgehen in Gottes Liebe.

Noch sind diese Überlegungen zu Gottes Liebe und unser Zugang dazu sehr unklar. Wie bekommen wir Zugang zu einem Teil des Geistes, von dessen Existenz wir kaum etwas wissen? Dies erschwert die Entscheidung. Genügend Menschen haben jedoch Kontakt mit diesem Bereich des Geistes aufgenommen, um ihn zu benennen. Christen nennen diesen Bereich des Geistes den Heiligen Geist; Suchende im New Age nennen diesen Aspekt des Geistes höheres Selbst; die Hindus nennen ihn Atman. Der springende Punkt ist der, daß dieser Bereich des Geistes kein völlig unbekanntes Phänomen ist, auch wenn er nicht von jedem als ein Ort der Zuflucht erfahren wird.

Da die erwähnten Begriffe sehr abstrakt sind, ist es für die meisten Menschen hilfreich, ein Symbol auszusuchen, das den Zugang zu diesem Bereich gestattet. Das naheliegendste und stärkste Symbol für den Heiligen Geist in der westlichen Welt ist Jesus. In *Ein Kurs in Wundern* heißt es, Jesus habe sich beständig für den Heiligen Geist und gegen das Ego (getrenntes Selbst) entschieden, so daß er mit dem Heiligen Geist eins wurde (B-6.1:1). Anderswo auf der Welt ziehen die Menschen eher andere Symbole vor: Hindus wahrscheinlich Rama oder Krishna, Buddhisten wahrscheinlich Buddha. Für mich persönlich ist Sai Baba das Symbol, das die Entscheidung für das Ganze statt den Teil repräsentiert. Offensichtlich ist die Wahl des Symbols nicht wichtig. Wichtig ist der Bereich des Geistes, für den das Symbol steht. Auch wenn dieses konkret und für jeden ein anderes ist, so ist der Bereich des Geistes allgemeingültig. Ebenso sind seine «Merkmale» universell gültig: Frieden, Liebe, Freude, Stärke, und die Erkenntnis der Einheit. Daher könnten wir diesen Teil des Geistes auch den friedlichen inneren Freund oder liebevolle Macht usw. nennen.

Wir können diesen Bereich des Geistes durch Beten, Gespräche oder Visualisierungen zu erreichen versuchen. Wenn ich in Versuchung gerate, das Opferbewußtsein zu wählen, rede ich mit Sai Baba darüber, sobald ich meinen Ausrutscher bemerke. Ich erkläre ihm, was mein getrenntes Selbst meiner Meinung nach vorhat. Ich erkläre ihm, daß ich mich in dieser beschränkenden und beschränkten Wahrnehmung gefangen fühle. Ich bitte ihn, meine falsche Wahrnehmung der

Situation zu berichtigen. Wenn mein Interesse am Opferdenken gering ist, ist die Berichtigung eine Sache von Augenblicken. Wenn keine Veränderung eintritt, nehme ich an, daß das Eigeninteresse meines getrennten Selbst in dieser Angelegenheit zu groß ist und bespreche das mit Sai Baba. Im allgemeinen teile ich ihm alle meine Gefühle mit, wie abstoßend oder bösartig sie auch sein mögen. In *Ein Kurs in Wundern* bittet Jesus uns immer wieder, keine Geheimnisse vor ihm zu haben, gleichgültig wie verwerflich sie sind (z. B. T-4.III.8:2).

So machen wir allmählich eine höhere Wirklichkeit zu unserer Realität. Nachdem wir diesen Teil des Geistes so lange unterdrückt haben, erscheint dies zunächst wie ein Trugbild. Aber nach und nach wird dieser Friedenspartner unsere wichtigste andere Hälfte. Da dieser Teil unseres Geistes nie hart urteilt, wird er unser bester Lehrer. Wir unterbreiten unsere Urteile diesem anderen Teil in uns und lassen sie neu deuten. Das besänftigt und läutert.

TEIL II

Im folgenden habe ich versucht, einiges über meine eigenen Schrullen und meinen eigenen Prozeß zu schreiben. Ich begann, dies alles für mich aufzuschreiben, um einen Begriff davon zu bekommen, was eigentlich in meinem Leben geschah. Ich hoffe, daß diese Aufzeichnungen auch für andere eine Hilfe sind.

«Vor-Geist-iges» Beobachten

Ich erklärte meinem neuen Freund Henrik, daß ich meine eindrücklichsten Friedenserfahrungen in Sai Babas Ashram gemacht hatte. «Die Energie ist dort so gut», bemerkte ich noch.

«Frieden entsteht nur durch eine Entscheidung», sagte Henrik. «Er hat nichts mit einem Ort zu tun.»

«Meine Erfahrung ist, daß er mit diesem Ort zu tun hat», plädierte ich.

«Aber gibt es da nicht auch andere, die den Ashram nicht als so friedlich erfahren?» fragte er.

Ich mußte zugeben, daß er mich ertappt hatte. Bestimmt war nicht jedermanns Ashramerfahrung friedlich und lichtvoll. So begann meine Einsicht in das Wesen der Wahl. Ich war eine widerspenstige Anfängerin, und wir griffen diese Frage immer wieder auf, bevor ich bereit war zuzustimmen. Ich zögerte, das «Äußere» auf dem Altar des «Innern» zu opfern. Henrik mit seiner metaphysischen Veranlagung und seiner sanften Beharrlichkeit war dabei, als ich die Entscheigung traf. Ich entschied mich für den Vorrang des Geistes über die Materie, zumindest theoretisch.

Das eigene Denken beobachten – Die Bemühungen einer Anfängerin

Ich bin eine Beobachterin des Denkens geworden. Ich beobachte die Turnübungen eines Geistes, der immer noch sehr oft die Rolle des Opfers spielen will.

Ich bin im Waschsalon. Ich bin ungeduldig, weil kein Trockner frei ist. Hinter meiner Ungeduld steckt Angst. Mein Verstand rast. Vielleicht werde ich meine «kostbare» Zeit mit dem Warten auf eine Maschine verschwenden müssen. Ich beobachte mein Denken, wie es sich bösartig gegen sich wendet und die Schuld den Maschinen gibt.

Eine Frau kommt in den Waschsalon und nimmt ihre Kleider aus dem Trockner. Ich bin erleichtert und glücklich. Ich erinnere mich daran, daß ich häufig Glück habe, und denke, meine Schutzengel seien offenbar doch am Werk (als ob sie nichts Besseres zu tun hätten als auf Maschinen aufzupassen).

Aber dahinter beobachte ich, wie mein Denken Achterbahn fährt, um meine Gefühle zu rechtfertigen. Für den Nervenkitzel, meiner Außenwelt Macht zu geben, habe ich die Macht meines Denkens prostituiert. Wieder beobachte ich, wie meine Gefühle Wellen schlagen. Ich habe mein Denken einmal mehr sich prostituieren sehen.

Glück 1

Als ich über die Straße rannte, fielen mir die Schlüssel aus der Tasche. Ein Mann, der auf einem Fahrrad an mir vorbeifuhr, rief: «Sie haben ihre Schlüssel verloren.» Ich war über alle Maßen glücklich. Der gute Mann hatte mir größere Ausgaben erspart – den Preis, den ein Schlosser kostet, um meine Haustür zu öffnen und mein Fahrradschloß auszuwechseln.

Später am Abend erzählte ich meinem Freund Henrik den Vorfall. (Ich glaubte insgeheim, ich sei ein Liebling der geistigen Führer und Engel und sie hätten mir geholfen.)

Henrik sagte ruhig und nachdenklich und vielleicht auch etwas spielerisch: «Du glaubst, daß deine Schlüssel dein Glück ausmachen.» Ich brauchte eine Woche oder zwei, um auf diese Feststellung zurückzukommen, aber irgendwie war das Leben danach nicht mehr gleich. Henrik hatte mir geholfen, eine Illusion zu durchschauen.

Glück 2 – und Verführung

Henrik und ich liegen im Bett. Ich genieße das Zusammensein mit ihm sehr. Ich überlege, wie schön und sanft seine Energie ist, fast so sanft wie die eines kleinen Kätzchens. Ich denke: «Wie vollkommen.»

Was für eine raffinierte Verführung. Ich glaube, daß mein Glück darin besteht, mit Henrik zusammen zu sein, und nicht von meiner Wahl abhängt, glücklich zu sein. Es ist komisch, weil ich merke, daß ich doppelt verführt werden möchte. Wie ich so daliege, will ich ihn als Quelle meiner Lust sehen. Das Letzte, was ich möchte, ist, Lust und Freude mit einem geistigen Prozeß in Zusammenhang zu bringen.

Glück 3 – und Enttäuschung

Henrik ruft an und sagt, er könne wegen schlimmer Kopfschmerzen nicht kommen. «Was für eine Entscheidung», bemerkt er noch.

Ich habe mich seit mehreren Tagen sehr darauf gefreut, Henrik wiederzusehen. Das heißt, daß ich insgeheim das Mantra wiederholt habe: «Henrik ist mein Glück.» Die Kehrseite der «Erwartung» ist «Enttäuschung».

Ich hatte versucht mit meiner Schuld fertig zu werden und wollte meinen Wunsch, sie auf andere zu projizieren – besonders auf Henrik – erkennen. (Normalerweise durchschaut er es gleich, so daß es sowieso nicht funktioniert.) Ich bemühte mich jetzt, seine Entscheidung, nicht zu kommen, zu respektieren. Gleichzeitig kreiste mein Denken nur um den Wunsch, zu manipulieren und seine alten Tricks zu benutzen. Ich fragte Henrik, ob er nicht wolle, daß ich ihm ein paar Nadeln setzte, schließlich kannte ich mich ein wenig mit Akupunktur aus. Ich erwähnte, das Essen sei schon im Ofen. Noch während ich das sagte, hörte ich die Manipulation heraus.

Es war mir, als sei mir der Teppich unter den Füssen weggezogen worden. Es gab tatsächlich nichts zu sagen, außer: «Werde bald wieder gesund.» Hier war ich nun mit meinen hohen Idealen und meiner Enttäuschung. Ich versuchte, wieder zu mir zu kommen, indem ich eine Methode benutzte, die mir gewöhnlich die Torheit meiner Entscheidungen aufzeigte und mich über meine eigene Dummheit lachen ließ. «Ich bin enttäuscht, weil ich mich entschieden habe, enttäuscht zu sein», wiederholte ich einige Male. Ich erinnerte mich selbst daran, daß ich dieses Gefühl *gewählt* hatte und es nicht zu rechtfertigen brauchte.

Mein Denken war allerdings gespalten. Einerseits wollte ich Henrik Vorwürfe machen. Schließlich war ich von der Jogastunde nach Hause gerast, um zu kochen. Gleichzeitig war ich mir intellektuell bewußt, daß ich meine Schuld auf meinen geliebten Freund projizierte. Ich wußte, daß es mein eigener Schmerz und meine eigene Frustration waren, die da an die Oberfläche kamen. Er befaßte sich sicher gerade still mit seinen eigenen.

Ich wußte auch, daß es irgendwie auch gut für mich sein mußte, wenn es gut für Henrik war, zu Hause zu bleiben. Nur getrennte Selbste haben verschiedene Interessen. Ich realisierte allmählich (und nicht sehr willig), daß ich befürchtet hatte, nicht genug Schlaf zu bekommen, falls Henrik dagewesen wäre, und am nächsten Tag übermüdet in den Kurs gegangen wäre. Ich befürchtete sogar, mich erschöpft durch eine arbeitsreiche Woche schleppen zu müssen.

Wie frustrierend, überraschend und erstaunlich, daß etwas, was ich so sehr wollte (daß Henrik kommt), nicht zu meinem eigenen Besten war. Wie typisch für das getrennte Selbst – typisch zerstörerisch. Ich erinnerte mich, daß Henrik einmal früher gegangen war, als ich es erwartet hatte. Auch damals war ich zu dem Schluß gelangt, daß dies auch für mich besser gewesen war. Ich war auch damals erstaunt gewesen, daß das Beste für uns beide nicht verschieden war, wenn man es richtig betrachtete. Aber das getrennte Selbst sieht die Dinge immer von seinen Wunschvorstellungen aus, deshalb sieht man die Dinge selten richtig. Situationen werden für gewöhnlich im Schnellverfahren als günstig oder ungünstig beurteilt. Und dann stecken wir eine Menge Energie in den Versuch, die Situation zu verändern, statt unsere Sicht der Situation zu verändern. Was für eine Zeit- und Energieverschwendung!

Glück 4

Ich sitze in einem nicht sehr interessanten Kurs. Meine Gedanken schweifen auf der Suche nach besonderen Menschen, zu denen ich mich hingezogen fühle, im Klassenzimmer umher. Ich spreche mit einer ehemaligen Kollegin, die nicht unter den besonderen Menschen ist, die ich ausgewählt habe. Sie sagt: «Du siehst wie das blühende Leben aus – wirklich, ganz ausgezeichnet». Ich bemerke, daß mein Interesse an ihr ein wenig steigt und freue mich, daß sie denkt, ich sähe gut aus. (Offensichtlich glaube ich selbst das Gegenteil.)

Bei mir denke ich: «Du hast es wieder getan, Barbara. Es ist wie mit den Schlüsseln. Ich habe wieder mein Glück aus meinem Geist hinaus in die Welt verlegt. Ich habe möglicherweise wieder meinen Frieden verpraßt, wenn ich es ernst nehme. Also nehme ich es nicht ernst, achte aber im Moment einfach darauf.

Glück 5

Es klopft an der Tür. Ich öffne sie und ein Mann steht da mit einem schönen Blumenstrauß. Ich nehme die Blumen glücklich entgegen und glaube einen Moment lang, die Blumen seien mein Glück. Hat diese Albernheit kein Ende? Ich plädiere auf vorübergehenden Wahnsinn und beobachte einfach weiter.

Sie dürfen mich nicht mißverstehen. Weder heißt das, daß Sie Menschen, Ereignisse und Dinge in der Welt der Erscheinungen nicht genießen dürfen. Noch sollen Sie sich wegen nach außen verlagerter Freuden schuldig fühlen. Ich möchte nur sanft daran erinnern, daß Sie, wenn Sie bei weltlichen Freuden stehenbleiben, Ihr Licht unter den Scheffel stellen und dem Gegenteil den Weg ebnen. Was in der Welt entsteht, wird in ihr auch vergehen. Die Entscheidung für den Frieden läßt etwas entstehen, das nicht vergänglich ist. Wie langweilig, mögen Sie denken. Ich glaube nicht, nur eignet man sich offensichtlich den Geschmack daran erst an – das getrennte Selbst mag ihn von sich aus nicht.

Das getrennte Selbst ist das stärkste Beruhigungsmittel. Es versucht, Sie auf der Achterbahn der Welt festzuhalten. Die Entscheidung für den Frieden gibt Ihnen einen stetigen Halt. Unglücklicherweise wird diese göttliche Milde (der Frieden) nur gewürdigt, wenn die Achterbahnfahrt Ihren Geschmack für Aufregendes verdorben hat. Gottes Glück ist zart und läßt sich nur in Augenblicken der Ruhe finden. Dabei wird es durch nichts übertroffen, was die Welt anzubieten hat.

Alter, Opferdasein, und das Beobachten des Denkens

Auf dem Weg hinaus bemerke ich meine Nachbarin. Sie begrüßt mich und wir stellen beide fest, daß wir uns schon lange Zeit nicht mehr unterhalten haben. «So viel ist in der Zwischenzeit geschehen», sagt sie. Sie war hingefallen und hatte sich den Arm und Mund verletzt. Ich hatte Mitleid mit dieser armen alten Dame und merkte, wie ich sie als Opfer ihres Alters und ihres 90 Jahre alten Körpers betrachtete.

Mir wurde klar, daß ich die Macht ihres Denkens zu wählen mißachtete. Auf einer bestimmten Ebene wählen wir nicht nur, was uns geschieht, sondern auch, ob wir uns als Opfer sehen oder nicht. Indem ich mich entscheide, meine Nachbarin als Opfer zu sehen, helfe ich ihr nicht, sich der Macht ihres Geistes bewußt zu werden. Ich bestätige sie nur ihrem Gefühl, ein Opfer zu sein. Dies bedeutet nicht, daß ich ihr keine freundlichen und tröstlichen Worte sagen kann. Es bedeutet nur, daß ich dadurch, daß ich die Situation aus der richtigen Perspektive sehe, für die stille Stärke eintreten kann, die ihr tatsächlich weiterhilft.

Meine Auseinandersetzung mit dem Gewahrsein Gottes und dem Anfang des Opferbewußtseins

Ich wachte wütend auf. Mein Zorn war auf seinem Höhepunkt und richtete sich gegen Sai Baba, der seit Jahren mein Lehrer gewesen war. Dieses Mal konnte ich den Zorn nicht beschönigen. Ich war einfach wütend und hatte keinen offensichtlichen Grund dazu.

Ich wußte genug, um mir sogar mitten in meiner Wut darüber klar zu sein, daß dieser Zorn eine Projektion war. Und darüber hinaus wußte ich, daß Sai Baba, ein Mann, der sich Gottes gewahr ist, mir vielfach geholfen hatte. Warum dann der Zorn? Offensichtlich hatte ich das Gefühl, er habe mir nicht genug geholfen, und dafür klagte ich ihn an. Er hatte seine Macht nicht eingesetzt, um seine leidende Schülerin vor Schmerz zu bewahren. Vielleicht hatte ich ihn eher als Universalheilmittel betrachtet denn als Lehrer. Vielleicht war er in meiner Vorstellung meine Lebensversicherung und mein kosmisches Aspirin gewesen. Um mir gegenüber fair zu sein, war dies nicht die ganze Wahrheit über meine Beziehung zu meinem Lehrer. Aber da ich in solcher Rage war, mußten diese Beobachtungen eine Spur von Wahrheit enthalten.

Nun ermutigen uns die Lehrer in der *Foundation of A Course in Miracles* ständig, die volle Verantwortung für unsere Gefühle wie auch für unser ganzes Leben zu übernehmen. Sie zeigten den Irrtum, irgend jemanden für die eigene Not im Leben zu beschuldigen, klar auf – und das machte mich wütend. Damit hatte meine ganze Unzufriedenheit begonnen.

Dies muß das abschließende Aufbäumen des Widerstands vor der Kapitulation gewesen sein, denn nachdem ich ihr geradewegs ins Auge geblickt hatte, schien sie zu verrauchen. Ich muß irgendwie eine andere Wahl getroffen haben. Später am gleichen Tag war ich bereit, die Verantwortung für die gesamte Schmerzproduktion in meinem Leben zu übernehmen. Und ich schloß Frieden mit Sai Baba.

Mein Zorn gegenüber Sai Baba wirft Licht auf eine sehr beliebte Projektion: der Schüler beschuldigt den Lehrer für sein eigenes Versagen beim Lernen der Lektion. Ihm die Schuld für meinen Schmerz zu geben, stimmte mit der Lehre von Satya Sai keineswegs überein. Er hatte nie versprochen, die Falten in meinem Leben auszubügeln. Auf den Punkt gebracht hatte er gelehrt, daß man erntet, was man sät. Aber abgesehen von der gewöhnlichen Lehrer-Schüler-Verwechselung durch Schuldprojektion spiegelt der Vorfall einen tiefen psychologischen Mechanismus, der sich auf unsere Beziehung zu Gott auswirkt.

Unser tiefsitzendes Schuldgefühl, das in dem Glauben seinen Ursprung hat, wir hätten Gott verlassen, ist so vollkommen unerträglich, daß wir es so schnell wie möglich projizieren wollen. Wie schon erwähnt, wird in *Ein Kurs in Wundern* erklärt, daß wir uns den Anschein von Unschuld zu geben versuchen (T-31.V), indem wir diese Negativität auf Gott projizieren. Durch einen Denk-Streich (statt einem Handstreich), wird Gott zur allmächtigen, strafenden Kraft des Universums. Wir legen uns daher selbst herein und glauben, daß alles Gottes Fehler ist. Dann schließen wir daraus, daß wir die unschuldigen Opfer eines zornigen Gottes sind und wie arme Lämmchen freischwebend in einem feindlichen Universum herumgeworfen werden. Dies ist der Ursprung des Opferbewußtseins. Noch einmal, wenn wir uns davon überzeugen, daß das Übel außerhalb von uns liegt, dann müssen wir uns nicht mit der Schuld in uns auseinandersetzen. Wir brauchen uns nicht mit der traurigen Mär abzugeben, in der erzählt wird, was wir eigentlich von uns halten.

Wie *Ein Kurs in Wundern* aufzeigt, enthält dieses anfängliche Grundmuster des Opferbewußtseins zwei Trugschlüsse. Erstens haben wir Gott nie verlassen; es ist unmöglich, Gott zu verlassen, und wir existieren ewig als Gedanken in Seinem Geist (T-18.I.8:2; Ü-II.280.1:3). Wir verleugnen einfach den Teil unseres Geistes, in dem das Wissen um diese Verbindung zu Gott liegt. Statt dessen konzentrieren wir uns auf den Teil des Geistes, der an die Trennung glaubt, und auf das getrennte Selbst (in *Ein Kurs in Wundern* das Ego). Wir identifizieren uns mit dem Opferbewußtsein statt mit dem Gewahrsein Gottes.

Der zweite Trugschluß beinhaltet, daß Gott zornig und rachsüchtig ist. (T-16.V.12:7). Warum sollte er es sein, wenn wir nirgendwo hingegangen sind? Logisch können wir diesen Punkt erfassen. Gefühlsmäßig jedoch sind wir darauf eingestellt, an unsere eigene Sündhaftigkeit zu glauben. Wir alle glauben in unserem tiefsten Inneren an einen unzufriedenen Gott. Wir können irgendwie Gottes Erwartungen nie ganz gerecht werden. Wir glauben alle, Sünder zu sein, und Gott sei darauf aus, uns zu strafen. Wir sind nie gut genug, und am Ende wird uns Gott doch erwischen. Das Bild des zornigen Gottes ist jedoch unser Selbsthaß, der von innen nach außen gekehrt ist. Wir haben unseren Selbsthaß auf einen liebenden Gott projiziert, der trotz unseres albernen Fehlers liebevoll bleibt.

Um dies noch einmal zusammenzufassen: Die grundlegende Ursache des Opferbewußtseins ist die Verleugnung der Schuld, die wir empfinden, und ihre Projektion nach außen. Dies ist die Quelle alles «Bösen» in der Welt, das uns zu Opfern macht. In Übereinstimmung mit meiner Egoseite hatte ich meine Projektion auf Sai Baba gerichtet. Im Lauf der dreizehn Jahre, die ich Schülerin von Sai Baba zu sein vorgab, zog ich durch meine Projektionen eine unsichtbare Wand zwischen uns auf; die Wand schien sich mit dem Schmerz in meinem Leben zu vergrößern. Und wenn es besonders schwierig wurde, kam es mir paradoxerweise so vor, als unterstützte er mich mit seiner Stärke. Statt dankbar für die Hilfe zu sein, die ich bekam, war ich oft darüber erbittert, überhaupt Hilfe zu brauchen. Ich ärgerte mich über meinen Schmerz und schob ihm dafür einfach die Schuld zu.

All die Jahre hindurch fiel mir die Leichtigkeit in

meinen Beziehungen zu anderen Lehrern auf. Ich genoß die Reinheit ihrer Energie, und es war so einfach. Natürlich war es leicht mit anderen, auf die ich nicht jahrelang die Schuld für meinen Schmerz projiziert hatte. Das Ergebnis von Projektion ist Trennung. Die Nähe und Verbundenheit, die möglich ist, wird durch Projektionen zerstört. Meine Nähe zu Baba war allerdings infolge meiner blindwütigen Projektionen gefährdet. Mit Projektionen schneiden Sie sich nur ins eigene Fleisch. Und niemand gewinnt.

Das getrennte Selbst ist von Natur aus mörderisch. Es zerstört unsere Einheit mit Gott und unseren Brüdern durch den Projektionsmechanismus. Ohne den eigenen inneren Mörder würden wir unsere Einheit mit Gott und unseren Mitmenschen erkennen. Ohne Projektion würden wir unsere Verbindung mit dem größeren Geist erkennen. Die einzige Lösung ist in der Tat, letztlich die Verantwortung für unser Leben einschließlich aller Gefühle und jeder Situation, in der wir uns befinden, zu übernehmen. Dies ist das einzige Mittel, der Projektion auf den Grund zu kommen. Dies ist der einzige Weg, den in unserem Inneren lauernden Mörder auszumerzen. Dieser Prozeß ist nicht besonders schön noch angenehm. Für die Befreiung ist er jedoch notwendig – er ist unumgänglich, um aus dem Opferbewußtsein herauszukommen.

Sehr viel Schmerz, Astrologie und Verantwortung

Als Kriya-Joga Swami Shankara Ananda Giri mein Horoskop betrachtete, rief er aus: «Ein sehr schlechtes Horoskop.»

«Was bedeutet das?» fragte ich ihn.

«Sehr viel Schmerz», sagte er voller Mitgefühl.

Das hatte ich allerdings erfahren: sehr viel Schmerz. Und doch, wenn ich auf die äußeren Ereignisse meines Lebens zurückblicke, kann ich nichts besonders Tragisches darin entdecken. Ich hatte eine gewöhnliche mittelständische Erziehung in den USA genossen und war mit zweiundzwanzig nach Dänemark gezogen, wo ich seither lebe. Die äußeren Ereignisse in meinem Leben waren nicht umwerfend. Ich hatte zwar eine Scheidung und auch andere Verluste erlebt. Aber wer geht heutzutage ohne Scheidung und Verlust durchs Leben?

Trotzdem hatte ich, wie der liebevolle Swami sagte, «sehr viel Schmerz» erfahren. Der Swami hätte meinen Schmerz vielleicht als meine Reaktion auf die Planeten bezeichnet. Vielleicht gibt es eine Verbindung zwischen jedem getrennten Selbst und dem größeren getrennten Selbst, das wir den Kosmos oder das manifeste Universum nennen. Höchstwahrscheinlich gibt es eine.

Dieser unsichere Zusammenhang soll jedoch unsere Gedankengänge nicht vernebeln. Wenn ich mit dieser besonderen Planetenkonstellation geboren wurde, dann hatte ich es so gewollt. Wenn ich in einen Körper inkarnierte, dann freiwillig, nicht aus Zwang. Wenn ich in meinem Leben Schmerz erlitt, dann war es meine Wahl. Es gibt bestimmt kaum einen Grund für diese Reaktion angesichts meines äußeren Lebens. Meine innere Anlage ließ mich den auf die Außenwelt projizierten Schmerz empfinden und dramatisieren. Es war meine Wahl, fast mein ganzes Leben lang vor Angst zu vergehen – bis an den Rand des Zusammenbruchs. Ich war es, die meine Opferrolle gewählt hatte, und ich war es, die sich entschieden hatte, die Welt für meinen Schmerz und mein Leiden zu beschuldigen. Und dem universalen Grundmuster gemäß habe ich jetzt genug und habe mich aufgemacht, einen besseren Weg zu finden.

Als Beobachter des Denkens der Angst ins Auge blicken

Ich sagte zu dem Taxifahrer: «Ich will morgen um Neun aus Sai Babas Ashram wegfahren. Falls sie jemanden finden, der das Taxi und die Fahrtkosten teilt, wäre das schön.» Um acht Uhr am nächsten Morgen klingelte es an meiner Hotelzimmertür. Der Taxifahrer stand mit einem anderen Mann, den er als Shankara vorstellte, draußen. Shankara war bereit, das Taxi mit mir zu teilen. «Prima», sagte ich, «wir sehen uns um Neun.»

Einige Minuten später sah ich Shankara mit einem anderen Mann im Restaurant sitzen. Ich setzte mich zu ihnen. Shankara erklärte, daß sein Bruder, der zu meiner

Rechten saß, an Tuberkulose sterben würde, und daß die Ärzte ihn aufgegeben hatten. In Gedanken sah ich mich um eine Woche zurückversetzt, als meine Freundin Henny, die meistens in Nepal lebt, mir Geschichten über Tuberkulose erzählt hatte und wie ansteckend sie sei.

Krankheit ist eine Entscheidung des Geistes, hatte ich geschrieben. Jetzt war es Zeit, an mein eigenes Wort zu glauben.

«Ich hoffe, es ist für sie in Ordnung, das Taxi mit uns zu teilen», sagte Shankara.

«Das ist sicher gut so», sagte ich zu einem hustenden und einem sterbenden Bruder.

Und es war in Ordnung, aber mein Geist sah während der drei Reisestunden die Angst immer wieder aufkeimen. Dies ist allerdings das Futter, von dem das getrennte Selbst zehrt. Der Geist wählt die Angst und findet daraufhin eine Ursache in der Welt, um sie zu rechtfertigen. Nachdem es sich als Gegenteil des Friedens definiert hat, findet das getrennte Selbst immer einen Weg, um vor dem Frieden davonzulaufen.

Ich empfehle nicht, sich der Krankheit auszusetzen, weil wir nie wissen, was das Unbewußte tut. Das Unbewußte will meistens Schmerz, und Krankheit ist eine beliebte Form von Schmerz. Damit will ich nur sagen, daß der Anschein trügt. Nicht der Keim ist die eigentliche Krankheitsursache. Zuerst kommt die Wahl, dann wird der Keim benutzt, um das Opfersein zu bestätigen. Wenn ich mich manchmal als Opfer fühle, dann nicht wegen Menschen oder Ereignissen, sondern wegen der Wahl meines Unbewußten.

Menschen auf der Durchreise

«Menschen verschwinden aus meinem Leben!», seufzte Susanne. «Einer nach dem andern scheint zu gehen.»

«Ja», sagte ich, «ich weiß, was du meinst. Die zwei wichtigsten Menschen für mich sind vor bald zwei Jahren aus meinem Leben verschwunden – innerhalb einer Woche!»

Seitdem waren mir Menschen nahegekommen. Ich hatte viele gute Freunde. Aber irgendwie waren sie am Rande meines Lebens geblieben. Niemand war in das Zentrum gedrungen wie sie. Es gab Augenblicke köstlicher Nähe, doch sträubte ich mich irgendwie, die zwei ehemaligen VIPs zu ersetzen. Ich sträubte mich, irgend jemandem wieder diesen Platz einzuräumen.

Ich hatte drei längere Männerbeziehungen gehabt. Jede hatte sieben bis neun Jahre gedauert. In diesen Beziehungen hatte ich immer Dauerhaftigkeit angestrebt. Immer wieder hatte ich den Mann zu einer Sonne werden lassen, auf deren Umlaufbahn ich mich begab und von der ich meine Sicherheit abhängig machte. Offensichtlich hat es nicht funktioniert. Wie ich doch jene Leute beneidet habe, die lebenslängliche Beziehungen hatten. Ich staunte über die Ehen meines Bruders und meiner Schwester. Welcher Klebstoff hielt sie zusammen? Es war offensichtlich eine mir unbekannte Marke.

In der Zeit zwischen meiner letzten und jetzigen Beziehung habe ich die Frage eingehend erwogen. Irgendwie habe ich im Laufe dieser Beziehungen mein Abhängigkeitssyndrom so ziemlich durchgespielt. Nachdem ich den Untergang der Beziehung mit dem Mann, von dem ich am meisten abhängig war (nicht nur in diesem Leben, sondern auch in vielen anderen), überlebt hatte, habe ich mein Bedürfnis, mich festzuklammern und anzulehnen, irgendwie losgelassen.

Interessanterweise versprach mir auch der junge Mann, der momentan in meinem Leben eine Rolle spielt, nichts von Dauer. Es gab keine Chance, die Lektion nicht zu lernen. Wer bleibt dann übrig außer Gott, wenn die Menschen alle nur auf der Durchreise sind? (Und sie sind es immer, selbst wenn es den Anschein von Dauerhaftigkeit hat.) Als ich glaubte, Gott habe mich in die Enge getrieben, mußte ich wohl darum gebeten haben.

Wie ich Susanne erklärte: «Es gibt etwas in mir, das es mir inzwischen unmöglich macht, von Menschen emotional abhängig zu sein. Wahrscheinlich ist es bei Dir auch so.» Aber es ist unglaublich hart, sich an die Vorstellung von vorbeiziehenden Menschen zu gewöhnen. Wir möchten Menschen zu dauernden Einrichtungen in unserem Leben machen, damit wir uns ein wenig auf sie abstützen und versuchen können, unsere Sicherheit aus ihnen zu schöpfen.

Manchmal mache ich mir immer noch Selbstvorwürfe, wenn ich an diese Durchreisenden denke. In einem solchen Augenblick, als ich ins Opferbewußtsein zurückfiel und mein Schicksal beklagte, begegnete ich dem Buddha in mir und spürte wie sein Bauch beim Lachen wackelte. Der kosmische Scherz besteht darin, daß es nichts gibt, das des Seufzens wert wäre – denn Seufzen ist ein kleiner Tod. Er lud mich ein, mit ihm ins kosmische Gelächter einzustimmen.

Das Lachen des Buddha verheißt Freiheit. Das hatte ich schon einmal gehört. Auf einem Nachtspaziergang hatte ich mir Gedanken über viele Dinge gemacht, die Menschen als wichtig erachten, und über das komplizierte Netz von Unterstützung, das wir in der Außenwelt zu weben versuchen. Gott, die geistigen Führer und Engel können über die Albernheit der Menschheit nur lachen. Lachen und warten. Denn dank dem allgemeinen Grundmuster können wir nicht umhin, früher oder später zu ihnen nach Hause zu kommen, nachdem wir Millionen von Jahren ziellos in der Wüste umhergewandert sind – der erbärmlichen Wüste von Schmerz und Opferdasein nach unserer eigenen Wahl.

Die heilige Beziehung

Henrik küßte mich. Es war eines der ersten Male. Dann betete er zu Jesus und lud ihn in unsere Beziehung ein. Er betete um das, was *Ein Kurs in Wundern* eine heilige Beziehung nennt (T-17).

Ich bekam panische Angst. «Heilige Beziehung» bedeutete für mich etwas ganz Bestimmtes. Ich hatte schon vorher einmal darum gebeten. In meinem Vokabular bedeutete sie puren Schmerz. Für mich war es ein mit einem Elektroschock vergleichbares Folterinstrument. Ich fand es unfair, Jesus in die Beziehung einzuladen, ohne zuerst mit mir darüber gesprochen zu haben. Wieder empfand ich mich als Opfer. Es klingt albern, wenn ich dies hinschreibe. Als Schlagzeile wäre es völlig absurd: «Jesus macht mit – junge Frau erleidet Schock.»

Jeder hat schon Aussagen gehört wie: Jesus ist der eigentliche Täter. In meiner Vorstellung würde Jesus mit einem Zauberstab in der Hand auf der Bühne erscheinen, mein ganzer Schmerz würde an die Oberfläche kommen und ich müßte mich einer schmerzhaften Situation stellen. So stellte ich mir die heilige Beziehung vor.

Ein Kurs in Wundern macht klar, daß die heilige Beziehung in ihren Anfängen alles andere als einfach ist. Weiter heißt es darin, daß beide Beteiligten oft versuchen, ihren Schmerz durch Auflösen der Beziehung zu mildern und sich auf die Suche nach einem neuen Partner machen. (T-17.V.2:5-3:9). Das war genau das, was mir das letzte Mal geschehen war. «Mein Partner in der Heiligkeit» hatte jemanden gefunden, mit dem er seine Zeit verbrachte, und ließ mich fallen. Nun hatte ich große Angst, das gleiche noch einmal zu erleben. In meiner engen, schmerzerfüllten Sichtweise fand ich es ungerecht, keine altmodische Zuwendung für mein Ego zu bekommen, bevor der Schmerz einsetzte. Ich dachte, daß mir ein wenig Nachtisch gewährt werden sollte, um den höchst widerlichen Hauptgang hinunterschlucken zu können.

Rückblickend sah ich ein, daß Henrik recht gehabt hatte. Um eine heilige Beziehung zu bitten ist gleichbedeutend mit der Bitte darum, daß alle Projektionen ans Licht kommen. Es erzeugt Spannungen in der Beziehung, aber die Bereitwilligkeit, seine Projektionen aufzuarbeiten, ist die Mühe allemal wert.

Mein Problem bei meinen früheren Beziehungen hatte darin bestanden, daß ich nicht bereit oder einsichtig genug gewesen war, mit dem zu arbeiten, was ich projizierte. In meiner letzten Beziehung kam meiner Neigung, mich selbst als Opfer wahrzunehmen, nur der Wunsch gleich, meinen Partner als Schurken zu sehen. Ich war überzeugt, daß meine Fahrkarte ins Glück von ihm und der Veränderung seines Verhaltens abhing. Ich hatte keine Ahnung von dem Geschenk, das in Vergebung liegt. Ich hatte die heilige Beziehung als ein Mittel betrachtet, das zu bekommen, was mein Ego begehrte. Ich glaubte mich mit Gott zu verbünden, und er würde mir gewähren, was ich wollte. Ich erinnere mich, gedacht zu haben, daß mein Partner keine Chance hatte. Gott war auf meiner Seite. Schließlich war ich ein unschuldiges Opfer. Mein Version der Vergebung war: «Grinsen, ertragen und warten, bis er sich besinnt und sich so verhält, wie ich es will.»

Gut, der Weg zur Erleuchtung scheint in der Tat ein steiniger zu sein. Im Rückblick erscheint es mir, als hätte ich mich oft dafür entschieden, mir das Leben übermäßig beschwerlich zu machen. Und wenn jemand versuchte, mir durch die Bitte nach einer Abkürzung (die heilige Beziehung) zu helfen, war meine prompte Antwort Widerstand.

Der interessante Aspekt dabei ist, daß wir leicht ins Opferbewußtsein zurückrutschen, wenn unsere Wachsamkeit nur einen Augenblick lang nachläßt, obwohl wir wissen, daß es ein Bewußtsein ohne Opferrollen gibt. Unser Ego wird uns immer zu den zweifelhaften Freuden des Opferdaseins lenken. Wenn wir uns dem Unterfangen, dem Opferdenken auf den Grund zu gehen, nicht voll und ganz widmen, sind wir nicht bereit, dem Problem dort zu begegnen, wo die Berichtigung liegt – im Geist. Sonst kämpfen wir gegen Windmühlen und versuchen die Aufgabe zu übernehmen, die Welt so zu verändern, daß sie zu unseren Phantasien paßt. Das ist wie der Versuch, den Film auf der Leinwand zu verändern, obschon der Film im Projektor das Problem ist. Es wird nie zu einer befriedigenden Lösung führen. Gelegentlich mögen sich Ihre Wunschvorstellungen erfüllen, aber, wie ich früher schon sagte, ist dies keine Garantie dafür, den Frieden Gottes zu erfahren. Der Friede Gottes ist die letztendliche Verheißung der Abkehr vom Opferbewußtsein.

Jesus in eine Beziehung einzuladen heißt eigentlich, ihn zu bitten, Sie bei Ihrem Versuch, Gottes Frieden zu finden, zu unterstützen. Er ist eine ausgezeichnete Wahl, denn er hat ihn selbst gefunden. Und, wie er immer wieder in *Ein Kurs in Wundern* wiederholt, ist er stets bereit zu helfen (B-5.2-3). Das ist wirklich ein Angebot, wenn Sie sich überlegen, welche Auswahl wir gewöhnlich heutzutage haben, die eine teuerer als die andere. Er will den Weg zum Einssein mit Gott und unseren Brüdern und Schwestern bereiten. Er sieht, daß unsere Projektionen uns von ihnen und von dem Frieden trennen, der uns schließlich durch das Gesetz Gottes zusteht. Er sieht, wie wir unsere Zeit und Energie in unseren selbsterzeugten Turbulenzen verschwenden, ohne zu wissen, wie wir diesem fürchterlichen Impuls entkommen können. Er versichert uns, daß er in unserem Geiste bei uns ist und darauf wartet, uns zu helfen, wenn wir ihn nur darum bitten. Leider unterlassen wir es oft zu bitten. Um Hilfe zu bitten ist unsere einzige Aufgabe bei dieser Abmachung.

In den Monaten danach brauchte ich die göttliche Hilfe oft, die er anbot. Solange wir ein Ego haben, projizieren wir. Dies ist eine einfache Regel ohne Ausnahme. Und wenn wir Gott näherkommen, verteidigt das Ego seinen Boden um so entschiedener, indem es die Projektionen scheinbar unerschütterlicher und undurchdringbarer macht. Gelegentlich war ich sogar versucht zu glauben, mein Ego sei stärker als Jesus. Das kam dem getrennten Selbst sehr gelegen. In Augenblicken größerer geistiger Gesundheit konnte ich die Torheit dieser Wahrnehmung jedoch erkennen.

Bei getrennten Interessen prallen Egos aufeinander, und die Trennung wird ganz deutlich. Jesus sagt uns in *Ein Kurs in Wundern,* daß es keine getrennten Interessen gibt, sondern nur den Anschein von getrennten Interessen (T-26.III.1-2). Um gemeinsame Interessen zu entdecken, müssen wir oft weit über den Anschein oberflächlicher Ereignisse hinwegsehen. Sonst fühlt sich einer der beiden als Opfer des anderen. Sobald man weiß, daß ein Geheimnis hinter den harten äußeren Ereignissen verborgen ist, kann man mit der Schatzsuche nach gemeinsamen Interessen beginnen.

Ungefähr im März begannen Henrik und ich über ein Zusammenleben nachzudenken. Mein achtzehnjähriger Sohn war bis dahin nicht oft da gewesen. Er wohnte inoffiziell mit seiner Freundin zusammen. Plötzlich war Erik zwei Nächte hintereinander zu Hause. Ich fragte ihn, ob er Streit mit seiner Freundin gehabt hätte. «Eigentlich nicht», antwortete er, «wir machen gerade eine Pause.»

Als ich Erik von unseren Plänen erzählte, reagierte er mit einem Vulkanausbruch. «Wenn der einzieht, ziehe ich aus. Dann suche ich mir ein Zimmer.» Ich merkte plötzlich, daß ich eine 18 Jahre dauernde Beziehung wegen einer halbjährigen verriet.

Als ich Henrik das Ereignis des Tages erzählte, blickte er mich sehr sanft an und meinte, wir sollten besser warten. Eineinhalb Monate gingen vorüber. Erik war zu

Hause und fand, er habe nicht ausreichend Raum für sich. Wir überlegten, Erik in Henriks Wohnung ziehen zu lassen, falls er jemanden fände, um sie mit ihm zu teilen. Erik fand jemanden, aber es scheiterte im letzten Augenblick.

Schließlich schlug Henrik vor, Erik könne in seine Wohnung ziehen, auch wenn ihm die ganze Miete zuviel war. Als der Umzug vonstatten ging, fühlte es sich schließlich für alle Beteiligten richtig an. Mir war, als würde jeder von dieser Abmachung profitieren. Es ging uns auf, daß die göttliche Inspiration ein Problem nie auf Kosten von irgend jemand lösen würde. Jesus zieht niemanden vor.

Keine unterschiedlichen Interessen 2

Mein Sohn Erik besuchte uns. Er und Henrik saßen in der Küche. Ich fing an zu kochen, und zwar die doppelte Menge, weil ich den Eindruck hatte, daß Henrik das Gericht mochte. Ich hatte es vorher schon einmal gemacht. Eine Portion könnte eingefroren werden.

Erik kritisierte mich liebend gern und nahm vegetarische Küche oft aufs Korn. Er suchte nun einen Verbündeten in Henrik. «Wie kannst du nur dieses vegetarische Zeug aushalten?» forderte er Henrik heraus.

«Zugegeben, manchmal wird es mir auch zuviel», gab Henrik zu. «Tatsächlich bringe ich dieses Gericht besonders schwer hinunter.»

Ich war bestürzt. Ich fragte Henrik, ob ich etwas anderes machen solle. Im Grunde meines Herzens hoffte ich, daß er scherzte und sagen würde, ich solle ruhig weiterkochen. Auch wenn es nicht sein Lieblingsgericht war, dachte ich, würde er es akzeptieren – nach all unseren Gesprächen darüber, daß die Probleme im Denken und nicht in der Welt entstehen. Somit war ich überzeugt, daß es nicht an den Tomaten im Essen lag.

Sehr zu meiner Überraschung antwortete Henrik: «Würde es dir etwas ausmachen, etwas anderes zu kochen?» Den Bruchteil einer Sekunde lang dachte ich daran, meiner Wut Luft zu machen und ihm die Soße über den Kopf zu schütten. Wie konnte er so rücksichtslos sein, besonders angesichts der Tatsache, daß wir heute abend ins Radiostudio gehen sollten, um über *Ein Kurs in Wundern* zu sprechen. Diese Sache mit dem Radio war für uns beide ungewohnt, und deshalb waren wir auch ziemlich aufgeregt.

Aber statt die Soße über ihm auszuleeren, wählte ich eine Alternative. Ich bat um Hilfe, die Situation mit Jesu statt mit meinen kurzsichtigen Augen zu sehen.

Da fiel mir ein, daß ich das ganze Essen einfrieren konnte. Einige Freunde wollten in den nächsten Tagen vorbeikommen, für die ich ohnehin würde kochen müssen. Das war kein Problem, da Henrik nicht dabei sein würde.

Der Tag, an dem die Gäste kommen sollten, war ungewöhnlich hektisch. Es war eine solche Erleichterung, das Essen einfach aus der Tiefkühltruhe nehmen zu können. Die Freunde bemerkten, daß ich wohl den ganzen Tag in der Küche zugebracht haben müsse. Sehr zu meiner Überraschung konnte ich nur wieder einmal feststellen, daß Henrik und ich keine getrennten Interessen hatten. Wahrscheinlich hätte ich diese Tatsache nicht bemerkt, wenn ich unbedingt hätte recht haben wollen. Glücklicherweise war ich nach einigen Augenblicken der Wut in der Lage gewesen, mich für geistige Gesundheit zu entscheiden und nicht rechthaberisch am Bündnis meines Ego mit dem Gemüse meiner Wahl festzuhalten. Manchmal läuft es auf die Entscheidung zwischen Frieden oder dem eigenen Starrkopf hinaus. Wie komisch das Leben doch ist. Wie seltsam, daß wir uns jemals für den eigenen Starrkopf entscheiden konnten.

Investitionen ohne Gewinn

Henrik sagte: «Ich habe mich entschieden, nicht zu studieren.» Henrik war damals arbeitslos. Ich hatte das Gefühl, daß er ohne Studium zu endloser Arbeitslosigkeit verdammt wäre. Meine Familie hielt so viel von Bildung, daß Bildung und Erlösung fast gleichbedeutend waren. Das eine kann ohne das andere nicht sein. Ich hatte mein ganzes Leben pflichtbewußt damit verbracht, die Schule, die Universität und eine nicht endende Reihe zusätzlicher Kurse zu besuchen. Mein Engagement für die Schule war, gelinde gesagt, geradezu erschütternd. Ich war mir sicher, daß Henrik auch studieren solle. Ob das angemessen wäre, stellte ich überhaupt nicht in Frage.

Ich fand Henriks Argumente gegen das Studium schwach. «Es dauert vier Jahre», und «ich will nicht.» Diese Argumente erschienen mir völlig unerheblich.

Henrik und ich hatten in den letzten Monaten viel über Entscheidungen gesprochen. Krankheit war eine Entscheidung, Unfälle sind eine Entscheidung, der Tod ist eine Entscheidung, die Wahl der Eltern ist eine Entscheidung.

Plötzlich hörte ich Henrik fragen: «Warum kannst du nicht einfach meine Entscheidung achten?» Das war allerdings die große Frage. In meinem Egodenken war das Studium aufzugeben gleichbedeutend mit dem Verzicht auf das Seelenheil. Aber die Frage war ein Schock. Warum konnte ich seine Entscheidung nicht einfach achten? Schließlich hatte ich keine Ahnung. Warum sollte ich annehmen, ich hätte recht? Ich hatte eine kleine Unterredung mit Jesus über meine Vorliebe für die Studienausbildung. Sie verblaßte allmählich. Manchmal stellt das sofortige Annehmen der Berichtigung eine zu große Anforderung an das getrennte Selbst, und es ist notwendig, stattdessen eine Reihe von stufenweisen Korrekturen vorzunehmen. Diesmal brauchte ich mehrere Unterredungen, bevor ich sie endlich loslassen konnte.

Es scheint mir, daß Investitionen in die materielle Welt keinen Nutzen bringen. Sie sind nur von Angst und dem Wunsch begleitet, Menschen zu kontrollieren und Situationen zu manipulieren. Sobald Sie ein bestimmtes Resultat anstreben, sitzen Sie in der Falle. Sie werden das Opfer Ihres eigenen Wunsches. Sie setzen sich selbst auf die Achterbahn der Emotionen, und nun würden Sie lieber auf die wilde Fahrt verzichten. Und warum sollte man mit solch geringer Weisheit überhaupt versuchen, der Regisseur der Ereignisse zu sein? Wir werden immer glauben wollen, es gehe um etwas in der Welt. In Wahrheit geht es nur um Frieden. Und Frieden ist immer eine Frage der Wahl. Mit anderen Worten ist Frieden eine Frage des Inneren, nicht des Äußeren. Und um es auf den den Punkt zu bringen: Das einzig mögliche Hindernis auf dem Weg zum Frieden haben wir uns selbst in den Weg gelegt.

Das wunderbare an dieser Einsicht ist, daß wir mit diesem Wissen eine höhere Macht bitten können, uns zu helfen, die Lage in einer Weise wahrzunehmen, die mehr mit der Wahrheit übereinstimmt als mit der Fiktion im Denken des getrennten Selbst.

Teil III

Epilog 1

Wie ich anfangs erklärte, haben wir die Wahl zwischen Opferdasein und Frieden. Tatsächlich ist nichts verlockender, als uns selbst als Opfer zu betrachten. Der Preis jedoch ist hoch. Das Opferdasein kostet uns den Frieden. Obwohl das Opferdasein uns eine vorübergehende Entlastung von unseren tief empfundenen Schuldgefühlen verschafft, setzt es einen Kreislauf von Zerstörung in Bewegung. Opferdasein führt zu Angriff, zumindest im Denken, wenn nicht sogar mit Worten oder physisch. In Gedanken sähen Sie es gerne, wenn «der Schuldige» für den Schmerz bezahlt, den Sie erlitten haben.

Dieser Wunsch nach Rache ist aus zwei Gründen kontraproduktiv: In erster Linie wird Ihr Geist durch die Gedanken an Rache wahnsinnig; offensichtlich liegt kein Frieden in dieser Reaktion. Zweitens vergrößern Sie Ihre Angst, weil jeder Gedanke an Angriff den Samen der Angst sät; Sie können nicht angreifen, ohne Angst vor einem Gegenangriff zu erzeugen.

Frieden kann nicht in einen Geist einziehen, der sich mit Opferdenken beschäftigt. Jesus ist in *Ein Kurs in Wundern* ganz unverblümt; er erklärt mehr als deutlich, daß der einzige Grund für den Mangel an Frieden darin liegt, daß wir ihn nicht genügend wollen (T-8.I.3:4-7). Kein Mensch und keine Situation kann uns unseren Frieden rauben, aber wir können ihn weggeben, wenn er für uns nicht Priorität hat. Offensichtlich sind nur wenige von uns bereit, sich dem Frieden ganz zu verschreiben.

Da Opferdasein eine Wahl ist, und da es für eine Wahl mindestens zwei Alternativen braucht, können wir auch das Gegenteil wählen: den Frieden. Bis jetzt lag das Problem darin, das nur wenigen die Wahlmöglichkeit überhaupt bewußt war. Über Jahrtausende haben wir unseren Geist mit Gedanken über Opferdasein beschäftigt und verschmutzt. Jetzt bietet uns Jesus (in *Ein Kurs in Wundern*) einen Ausweg aus unserer Verwirrung an. Seine Botschaft ist klar: wir müssen bereit sein, unsere Selbstwahrnehmung zu ändern. Wir müssen langsam einsehen, daß wir die Entscheidungen selbst treffen. Er ermutigt uns, Verantwortung für unsere Entscheidungen zu übernehmen. Bis jetzt haben wir offensichtlich nur eine Strategie verfolgt: Wir haben versucht, uns von unserer Schuld zu befreien, indem wir Opferszenarien erfunden haben.

In *Ein Kurs in Wundern* stellt Jesus eine neue Strategie vor, die zum Frieden statt zum Opferdasein führt. Er zieht uns buchstäblich den Teppich unter den Füßen weg, auf dem unsere Vorstellung von Opferdasein steht; er sagt, es gebe keine Opfer. Jesus läßt uns jedoch nicht mit dieser Einsicht hängen. Er erklärt uns, daß wir uns immer, wenn wir versucht sind, uns ungerecht behandelt zu fühlen, an ihn (oder wie auch immer wir den inneren Freund in unserem Geist nennen) wenden sollen, um die Situation neu deuten zu lassen. Wir können um Hilfe bitten, sie so wahrzunehmen, wie er es tut. Und wir können sicher sein, daß wir die Situation nicht mit den Augen Jesu oder des inneren Freundes wahrnehmen, solange wir uns selbst als Opfer sehen. Jesus versichert uns, daß dieses allgemeingültige Gesetz keine Ausnahmen kennt.

Jesus erzählt uns, daß er sich selbst am Kreuz nicht als Opfer gefühlt hat. Er vertraut uns an, daß er das Ereignis selbst gewählt und daß er nicht gelitten hat. Er konnte nicht leiden, weil er keine Schuld mehr hatte, und Schuld ist der einzige Grund, aus dem wir uns durch Leiden strafen wollen. Wir können sagen, daß Jesus sich entschieden hat, gekreuzigt zu werden; aber er hat auch entschieden, nicht zu leiden. So zeigt er die Macht auf, die in jedem Geist liegt: mit Hilfe des liebevollen inneren Freundes in unserem Geist können wir unsere Schuld heilen und unserem Leiden ein Ende setzen. Denn Schuld ist die Grundlage des getrennten Selbst und verhindert die direkte Erfahrung unserer Einheit mit Gott.

Die Strategie, die Jesus skizziert, ist kein kurzer und leichter Prozeß. Er erfordert unsere ganze Hingabe. Wir können davon ausgehen, daß das getrennte Selbst eine fast nie endenwollende Reihe von Ereignissen produziert, bei denen wir aufs äußerste versucht sind, uns als Opfer zu sehen. Das getrennte Selbst beweist eine bemerkenswerte Findigkeit, wenn es darum geht, seinen Kreuzzug für das Opferdasein zu rechtfertigen; es mangelt ihm nicht an Argumenten. Wir werden durch seine Beweisführung leicht verführt, weil wir auf der emotionalen Ebene nach dem Opferdasein lechzen. Wir sind gefühlsmäßig mit dem Glauben programmiert, das Opferdasein spreche uns von unserer Schuld frei.

Ein Kurs in Wundern umfaßt drei Bücher, darunter das Übungsbuch. Eine der Lektionen darin, die uns am meisten zu denken gibt, trägt die Überschrift: «Alle Dinge sind Lektionen, von denen Gott möchte, daß ich sie lerne» (Ü-I.193). Jesus lehrt uns in dieser Lektion, daß wir unseren Aufenthalt in dieser Welt als eine Lernerfahrung betrachten sollen. Wir können jede Situation hier als Schule benutzen, in der wir Gottes Frieden lernen können. Jeder Augenblick gibt uns Gelegenheit, Frieden statt Opferdasein zu wählen.

Täuschen Sie sich nicht, das getrennte Selbst hat ein sehr großes Interesse am Opferdasein. Es besteht hartnäckig darauf. Und Frieden ist das letzte, was es lernen will. Das getrennte Selbst will die Raketen auspacken und angreifen, wenn zum Beispiel:

Der Chef Sie maßregelt.
Die Kinder das Wohnzimmer auseinandernehmen.
Ihr Partner Sie anschreit.
Das Auto eine Panne hat.
Der Mechaniker Sie übervorteilt.
Extraarbeit zu Ihrer ohnehin schon schweren Belastung hinzukommt.

Die Bus gerade dann davonfährt, wenn Sie an der Bushaltestelle ankommen.

Sie einen Brief von der Steuerbehörde bekommen, daß sie sich im letzten Jahr verrechnet hätten und Sie mehr Steuern zahlen müßten (ein wichtiges Opferthema in Dänemark).

Doch genau diese Situationen sind die Schule, in der wir lernen können, den Frieden Gottes anzunehmen statt uns als Opfer zu fühlen. Leider haben wir meistens die Tendenz, uns gegen solche Lernsituationen zu wehren. Meistens sind wir mehr daran interessiert, die Situation zu verändern und nicht unser Denken darüber, was uns Frieden brächte. Mit anderen Worten verwenden wir viel Zeit und Energie auf den Versuch, die Schule zu wechseln. Wir rennen lieber vor der Lektion davon, als das zu lernen, was sie uns anzubieten hat.

Um es ganz klar zu machen. Es gibt nichts «Heiliges» an den Situationen, die jeder von uns gewählt hat. Es ist nicht etwa so, daß wir eine Situation nie ändern sollten, die uns nicht guttut. Wir müssen nicht bei einer «schlechten Arbeit» oder in einer «schlechten Ehe» bleiben. Aber es gibt einen Unterschied zwischen Weggehen mit Frieden im Herzen und von Rache besessenem Davonlaufen.

Schauen wir uns noch einmal kurz die Ironie des Musters des Opferdaseins an. Das getrennte Selbst denkt sich ein Opferszenario für uns aus, um unsere Unschuld zu beweisen. Diese Entscheidung dringt nicht in unser Bewußtsein. Dann versuchen wir, vor der selbstfabrizierten Situation davonzulaufen, wobei wir schreien: «Ich bin ungerecht behandelt worden!»

Jesus fleht uns an, Verantwortung für jedes Ereignis und alle unsere Gefühle zu übernehmen. Er zeigt uns auf, daß wir kein höheres Verständnis erlangen, bis wir nicht die völlige Verantwortung für unser Leben übernehmen. Jesus sagt ausdrücklich in *Ein Kurs in Wundern*:

«Ich ***bin*** *verantwortlich für das, was ich sehe. Ich wähle die Gefühle, die ich erfahre, und ich entscheide mich für das Ziel, daß ich erreichen möchte. Ich bitte um alles, was mir zu widerfahren scheint, und ich empfange, wie ich gebeten habe»* (T-21.II.2:3-5).

Wir werden gebeten zu erkennen, daß jeder Augenblick eine Gelegenheit bietet, Frieden zu lernen. Wie ich weiter oben vorgeschlagen habe, können wir darum beten, Frieden gelehrt zu bekommen:

«Bitte lehre mich, die Situation friedlich zu betrachten.»

Schließlich gibt es einen Teil in unserem Geist, der nur auf die Gelegenheit wartet, uns Lektionen des Friedens zu lehren.

Das getrennte Selbst wird jedoch vehement versuchen, den Lernprozeß zu durchkreuzen, indem es Ihnen Opfergeschichten erzählt. Am Ende wird die Lektion, die Sie lernen, von dem Ziel bestimmt, das Ihnen mehr am Herzen liegt. Das Ziel wird von der Hingabe an den Frieden oder an das Opferdasein bestimmt. Sogar wenn wir begriffen haben, wie wünschenswert Frieden und wie verhängnisvoll das Opferdasein ist, werden wir gefühlsmäßig immer noch zum Opferdasein tendieren – sehr zum Betrübnis unseres Geistes. Vielleicht bringen wir uns sogar in eine Lage, in der die Berichtigung unzugänglich wird. In solchen Situationen müssen wir lernen, uns dem Teil von uns zu öffnen, der noch nicht bereit ist, die Berichtigung anzunehmen, und akzeptieren, daß dieser Teil entschlossen ist, uns als Opfer zu sehen. Oder manchmal brauchen wir, wie schon erwähnt, mehrere Sitzungen für die Berichtigung.

Ein Teil von uns spürt, daß wir uns schließlich nicht mehr als Einzelwesen sehen, wenn wir diesen Pfad weg vom Opferdasein verfolgen. Das erschreckt; was, wenn der Tropfen sich in dem Meer des Friedens und der Liebe seines Vaters auflöst? Jeder Tropfen nimmt die Gefahr dieser bedrohlichen Situation wahr. Daher, führen wir Krieg gegen das Meer, zu dem wir alle gehören. Gedanklich können wir die Torheit dieser Situation noch einsehen, und dennoch laufen unsere Gefühle Amok; sie schalten in den Rückwärtsgang und geraten in Panik; sie gehen in die Luft wie Handgranaten. Und in Gedanken fragen wir uns, warum ein Teil von uns immer noch das Chaos wählt, wenn wir die Süße des Friedens und der Liebe schon gekostet haben.

Schließlich reicht ein Teil unseres Geistes in das Auge des Wirbelsturms, wo kein Lüftchen sich regt. Wir lernen, von diesem Ort des Friedens aus Zeuge unserer vorübergehenden Gefühlsstürme zu werden. Wir beginnen, uns eher mit dem Frieden zu identifizieren als mit dem Wirbelsturm der Emotionen. Dies ist die Antwort auf unsere Bitte um Frieden. Endlich erkennen wir, daß unser Gebet greifbare Ergebnisse zeitigt, und der Sturm ist vorbei. Und schließlich triumphiert der Frieden über das Opferdasein, da wir im Grunde lieber Frieden als Opferdasein wollen. Schließlich hört der Tropfen auf, das Meer zu fürchten – und will nur von ihm umfangen werden. Am Ende erkennen wir, daß nur das Meer – der Geist – je existiert hat und wir nur träumten, ein vom Sein getrennter Tropfen zu sein.

Epilog 2

«Henrik», sagte ich, «Sai Baba ist mir letzte Nacht in einen Traum erschienen.»

«Hat er etwas gesagt?» fragte Henrik.

«Ja, er hat mir gesagt, ich solle weiterlesen.»

Als ich ihn fragte, was ich lesen solle, sagte er:

«Lies weiter in *Ein Kurs in Wundern*.»

Zweifellos ist das mein Heimweg ins Meer.

Und das Meer ist die Freiheit.

Weitere Bücher von Mandala Media

Die Schriften der Essener, wiederentdeckt und übersetzt von Dr. Edmond Bordeaux Székely

Das Friedensevangelium der Essener

Das erste Buch der Essener-Schriften, das Friedensevangelium, offenbart, daß Jesus, der Essener, die Wirkung der Kräfte der Natur zur Heilung des Menschen kannte. Der Übersetzer dieser Dokumente fand sie in den Geheimarchiven des Vatikans. Seit ihrer ersten Veröffentlichung im Jahre 1933 sind diese Schriften für Millionen von Menschen in aller Welt zu der Grundlage einer neuen Lebensphilosophie geworden.
ISBN 3-906983-03-X

Die unbekannten Schriften der Essener

Dieses bedeutende vor- und außerbiblische Evangelium der Essener-Bruderschaft vom Toten Meer enthält die Überlieferungen der esoterischen Lehren von Moses, die ursprüngliche Fassung der Bergpredigt, die Offenbarungen des Johannes und das Johannes-Evangelium in seiner Urfassung. Diese Texte sowie die Überlieferungen des Begründers der Essener-Bruderschaft werfen nicht nur ein neues Licht auf die im Neuen Testament zu findenden Gleichnisse von Jesus Christus, sondern laden zu einer besonderen Art der Kontemplation und Annahme der Kräfte der Natur ein.
ISBN 3-906983-04-8

Die verlorenen Schriftrollen der Essener

Das dritte Buch der Essener mit seinen Meditationen, Kontemplationen, Prophezeiungen und Hymnen an die Engel, die aus der lange verborgenen, weisen Bibliothek der Essener-Bruderschaft stammen, vermitteln bedeutende Einblicke in das Wesen der geistigen Welt.
ISBN 3-906983-05-6

Das geheime Evangelium der Essener

In diesen einzigartigen Texten aus dem geheimen Archiv des Vatikans und den Bibliotheken der Benediktiner, die Dr. Székely der Welt zugänglich gemacht hat, sprechen Jesus und andere Meister über die Geheimnisse der Engel, des Lichts, der Klänge und einer das ganze Leben währenden Gesundheit, die aus dem Einklang mit den «Kräften des Himmels und der Erde» bewirkt werden kann.

Im zweiten Teil des Buches beschreibt Dr. Székely die Herkunft und Bedeutung der Essener-Texte, die die Grundlage des Christentums sind und jeden Suchenden zu den Wurzeln dieses Glaubens führen können.

ISBN 3-906983-06-4

Die Lehren der Essener – Essener Meditationen

Die Essener-Bruderschaft vom Toten Meer wußten ganz genau, wie sie die Kräfte der Natur und des Geistes, die sie als Engel bezeichneten, in sich aufnehmen und sich ihrer bewußt bleiben konnten. Sie verstanden es, diese Kräfte in ihre täglichen Handlungen einzubinden. Dieses Buch zeugt davon. Es vermittelt anschaulich die Kontemplations- und Meditationsübungen der Essener und führt sie in den Alltag vieler Menschen ein, die eine neue Perspektive und den lebendigen Glauben suchen. Das ist die wesentliche Botschaft der Essener.

ISBN 3-906983-07-2

Für Menschen, die mit dem Herzen lesen

Cheri Huber
DEIN SCHLÜSSEL ZUM GLÜCK
Bereitschaft ist alles
136 Seiten, illustriert, gebunden
ISBN 3-906983-00-5

Dein Schlüssel zum Glück ist ein Geschenk für Menschen, die sich in liebevoller Weise um die eigene Entwicklung bemühen. Friede und Freiheit des Menschen hängen ab vom Gewahr-Werden, wie wir uns dem Leben gegenüber verhalten. Dieses Buch hilft uns, einen Schritt zurückzutreten und eine erweiterte Sicht für unser Leben und das, was uns wirklich glücklich macht, zu gewinnen.

Dein Schlüssel zum Glück stärkt unsere Fähigkeit, das Liebenswerte und Schöne in unserem Leben zu sehen und schwierige Momente im Vertrauen auf diese Fähigkeit zu meistern. Humorvolle Illustrationen und verblüffend einfache Lösungswege bestätigen immer wieder unser Geburtsrecht auf die Freude über das wundervolle Geschenk, das wir Leben nennen.

Der Ratgeber für die gemeinsame Lebensreise

J. Donald Walters
DIE LIEBE FÜRS LEBEN
Partnerschaft als Weg zur Selbstverwirklichung
160 Seiten, gebunden
ISBN 3-906983-01-3

Die Liebe fürs Leben ist das Ergebnis einer langjährigen Beratungstätigkeit von J. Donald Walters, einem Schüler von Yogananda. Er hat dieses Buch mit der Absicht geschrieben, den LeserInnen Hilfe und Orientierung zu bieten, das vielleicht Schönste für Menschen mögliche – die Verwirklichung von persönlicher Liebe und Erfüllung – Realität werden zu lassen. Mit vielen Beispielen aus der Praxis erläutert der Autor, wie Partnerschaft zu einer unvergleichlichen Erfahrung von Freiheit und gegenseitiger Förderung werden kann. Hingabe und Zusammenwachsen bedeuten richtig verstanden und gelebt eine einmalige Chance, immer mehr der Mensch zu werden, der man eigentlich ist. Paare, die diesen Weg beschreiten, sind nicht einfach nur sich selbst genug, sondern haben eine geradezu magische Ausstrahlung auf ihre Umgebung.